数一数那些叫思念的羊

萱齐 著

文化发展出版社
Cultural Development Press

图书在版编目（CIP）数据

数一数那些叫思念的羊 / 萱齐著 . —北京：文化发展出版社，2019.4
ISBN 978-7-5142-2614-0

Ⅰ. ①数… Ⅱ. ①萱… Ⅲ. ①散文集—中国—当代 Ⅳ. ① I267

中国版本图书馆 CIP 数据核字（2019）第 059751 号

数一数那些叫思念的羊

萱齐 著

出 版 人	武 赫		
主　　编	凌 翔		
策划编辑	肖贵平	责任编辑	周 蕾
责任校对	郭 平	责任印制	杨 骏
责任设计	侯 铮	排版设计	浪波湾

出版发行	文化发展出版社（北京市翠微路 2 号 邮编：100036）
网　　址	www.wenhuafazhan.com
经　　销	各地新华书店

印　　刷	三河市华东印刷有限公司
开　　本	787mm×1092mm　1/16
字　　数	190 千字
印　　张	13
印　　次	2019 年 5 月第 1 版　2019 年 5 月第 1 次印刷
定　　价	49.80 元
ISBN	978-7-5142-2614-0

如发现任何质量问题请与我社发行部联系。发行部电话：010-88275710

目 录

第一辑 润物细无声

半分缘 002
繁华闹市中的孤寂 005
绝 望 008
飘飞的思绪 011
人工湖的诉说 013
润物细无声 016
深海里的星星 019
生如尘埃，飘荡世间 021
心思细腻下隐藏的敏感 023
叶落枝空陪锦年 026
自由之身 028
最靠近灵魂的，是音乐 031

第二辑 而我欢喜生

奋斗过的梦才叫青春 036
感受语文，那一抹柔情 038
感谢岁月，赐我一纸书香 041
黑暗的精灵 044
节 奏 046
解脱亦是后生 049

01

款款深情，心有所梦　052
每个人都应有自己的生存方式　054
浪费光阴的时光　057
每一天都是上帝的恩赐　060
平滑的印痕　062
求　书　065
手　写　068
为生活铺一条诗意的地毯　072
我心思忖凭来意　075
写　作　078
夜空飘过淡淡书香　082
云中谁寄锦书来　085
在散文的世界里深情地活着　087
正式写作之前的独白　090
做个写故事的人　094

第三辑　梨花风起正清明

初冬之雪　098
春意盎然枝头闹　101
端午，让泪化作纸鸢飞　103
忽而又见来雪　106
梨花风起正清明　109
拍照记　112

清明纷纷雨　115
容我为你画一树春天　117
上元灯如昼　120
桃月素心帖　122
走进植物园　124

第四辑　温柔以待

爱无言　128
病来如山倒　131
藏在泥土里的爱　134
从觉醒到重生　137
感恩大学　带我走向远方　140
回首，已千年
　　——忆李清照　142
结　婚　144
慢生活　147
梦间呓语　149
数一数那些叫思念的羊　152
所有美好，都皆有缘由　155
我的大学　159
夏未央，嫁衣红　163
相守之后，相聚更难　165
阳光晴好　168

一个人　171
　　一种相思两处愁　175
　　用欢心愉悦你　178
　　与己对视　181
　　这难以启齿的亲情　185

第五辑　逆境中成长的太阳花
　　逆境中成长的太阳花
　　——读《安妮日记》有感　188
　　绝境中的爱情传说
　　——读《冰河》有感　191
　　生命是永不苍老的誓言
　　——读《活着》有感　194
　　像老人一样活着
　　——读《老人与海》有感　197
　　在平凡的世界里，创造不平凡的人生
　　——读《平凡的世界》有感　200

第一辑　润物细无声

半分缘

佛有曰"前世的五百次回眸换来了今世的擦肩而过",擦肩而过的缘分像是一锅还没有煮熟的豌豆,半分熟的时候就开锅,结果便是不停地跑厕所。

半分熟的豌豆真像是半分缘的感情,还没真正面对这场缘分就想着逃避。也是这半分缘,是犹抱琵琶半遮面,也是孔雀东南飞的十里一徘徊,真是彼此没有缘分,或者是缘分未到,强求只是徒增伤悲。

半分缘是害人不浅的妖精,招惹了你,又偏偏离开你,然后让你饱受精神的折磨,哭不出咽不下,无人诉说的伤悲,只能自己喝下这碗有毒的情水。

怨不得谁,谁让自己太过多情,闻到一缕清幽的香味便以为是青石路上姑娘留下的芳心,于是不停地追随,直到一个拐弯的路口,着淡雅旗袍的姑娘像是人间蒸发了一样,再也寻不见了。这可怎么办,着急得像是热锅上的蚂蚁,眉头紧锁,非要找到不可,天涯海角,这可着了爱情的道了。

第二天醒来幡然领悟，原来是一个梦啊，梦得如此真切，如此入情，连心都是疼的。在心海的某一个角落一定住着某一个姑娘，绾着轻纱，浅吟低笑，着一身素服，在河岸的一边默默地呼唤着，呼唤着一个动人的爱情。

也怪这半分缘啊，既然来了为何还要躲躲藏藏？长满忧伤的眼睛呆呆地望着星空叹一声"从此无心爱良夜，任他明月下西楼"。看这爱情可真是让人魂牵梦绕，夜不能寐啊，一旦着了爱情的魔，连古人都是无可奈何的。梁山伯与祝英台的爱情无疾而终，双双化蝶而飞，虽然结局差强人意，只为聊慰世人的心灵，但这场缘分终究是拦腰斩断的。林黛玉的感情又何尝不是呢？贾宝玉深知林妹妹的心思，可还是对薛宝钗藕断丝连，又是一个多情的男子，这还尚可谅解，少年嘛，未成年还不懂得爱情的真谛：愿得一人心，白首不相离。等时过境迁，料想贾宝玉能参悟爱情的禅意，与真心人长相厮守，然而"花谢花飞花满天，红消香断有谁怜"，林妹妹唱的这首《葬花吟》最终还是映射在自己的身上。

多情人，自古伤离别。

闺房待嫁的年纪，偏偏贾宝玉的任性把随身携带的宝玉摔碎了，最后失心疯了。怎么办，贾家上下焦急得很啊，结婚吧，结了婚就该清醒了，失心疯不治而愈了。与谁好呢？林黛玉恶疾缠身，薛宝钗温婉如玉，善解人意，这还用选啊。

天公不作美，偏巧结婚这天林黛玉旧疾复发，最终香消玉殒。

半分缘真是翻手为云覆手为雨，让人惧怕它的同时又忍不住挑衅它，万一成功了呢，万一获得了爱情呢，徐志摩的一句"于茫茫人海中寻找我唯一灵魂之伴侣，得之，我幸；不得，我命"。于是开启了寻爱之旅，最后为爱献身，对他来说这是最好的归宿。

而林徽音深情的一句"我情愿化成一片落叶，让风吹雨打到处飘零",让爱情在时光的隧道中熠熠生辉,不灭光彩。

很多人会说,缘分未到,其实说的也就是半分缘。现实的生活中岂不也是如此,彼此相爱,最终止于双方父母的反对,于爱情而言,太过悲痛,可是归咎于命运,便是有缘无分。

一半的爱情,一半的缘分。

繁华闹市中的孤寂

母校旁边的夜市在郑州市挺有名的,每到夜幕降临的时候,灯红酒绿,莺歌燕舞开始接替白天的喧腾。热闹才真正开始。

一排的商业店铺门前放置着音箱,播放着最新的流行音乐;售卖衣服的摊主开始忙碌地支架上货,嘴里还不停地吆喝着:"今天刚上的新款,又美又时髦。"夜市是离不开小吃摊的,一个个带着轮子,上面用红色字体写着特色的美食车开始整齐地排列在商业门面房对面;纵向看去,活像一条生龙活虎的小蛇,扭摆着饱腹又慵懒的身体。

不等准备妥当,人流已然呈拥挤状态。正是晚饭的时候,学生不爱去学校食堂吃,都喜欢跑来生活区外面吃小吃。琳琅满目的各色美食充满诱惑地摆在你面前,似乎都在摇摆着身体,等着你说"快到碗里来"。光主食就有几十种,有炒饭、炒面、热干面、麻辣烫这些必备食品,还有新添的炒馍花、炒土豆等,另外,烤冷面、烤面筋、炒年糕、炸鸡柳这些当作茶余饭后的零食也是种类繁多,真像王老师说的,只有想不到,没有吃不到。

吃完小吃顺便逛夜市。夜市的衣服也真是便宜，尽是最新流行的款式，让人眼花缭乱，每一件都好看，每件都像是量身定做的一样。在内心欢喜与纠结中和老板讨价还价，对于讨价还价，学生虽然还没有娴熟的技巧，但是每句话都会让老板琢摸半天，"你家衣服这么适合我，难道不舍得便宜些吗？""最穷的是学生，穿件衣服那么不容易，不便宜些么？""老板，我同学都喜欢我的穿衣风格，便宜些我会给你多宣传宣传的。"……对学生来说，不论贫富都可以穿上当季的新款，而且每到换季的时候都可以穿得不重样。

从去年开始，学校边上的商业楼突然如雨后春笋般拔地而起。眨眼间，那里每到晚上都会有许多店家的服务员在路边发传单，一边发还一边快速地介绍："火锅吃多少送多少。"生怕晚一秒白花花的银两就要付诸东流。楼里还温馨地配着电梯，酒足饭饱之后欢天喜地地把客人送走。

就在美食摊位有增不减的情况下，出售鞋的摊位正在逐渐地减少，从大长龙变成了小平桥。一次我好奇地询问为什么会出现这种情况，老板很无奈地摇了摇头，"鞋的价钱太便宜，又涨不上来，不挣钱。"这里除了小吃的价钱差不多外，衣服和鞋的价钱确实比郑州别的地方稍低了一些。但是衣服的需求量比鞋子大，大多数人夏天最多不可能有超过三双鞋，而衣服呢，最少也是三件。

我突然感觉到在这喧闹无比的空间里，也会有人在堆满微笑的背后藏着一颗寂寥无比的心，这颗心对社会人更甚。在校学生因为没有生活和工作的压力，还不曾过多地感受到社会的复杂，还是拥有着如此让人羡慕的单纯快乐。

纵眼望去，服饰和鞋子几乎都是关于女性的。女性爱美，挑剔，不惜耗时间和金钱表现青春的美丽。女人爱美这一点，不会随着年岁的增长而变化。有一次，我去美容店等一位朋友，正好听到躺在床上享受按摩的女人说话，听音观相，约莫三十岁。听到她和按摩师的聊天才知道她是夜市上的小吃摊主，因为外貌不及旁边的女摊主，其丈夫就经常在做生意的时候眼神斜睨她，等到眼神回到自己妻子身上的时候又是一脸的嫌弃。丈夫虽不说，但是作为女人自然知道，生活虽是实在，也需要美感。她是偷偷跑出来美容的。

我是不爱这些繁华喧嚣的，更喜欢的是一个人在安静的地方读一本书。经历了一些，反而觉得更应该珍惜这些得之不易的热闹场面，因为随着时间的推移，这种单纯的热闹将会一去不复返。

不可否认，在纷杂的社会中，一些人尽力地掩饰着内心不以名状的孤寂，表现出一个洒脱浪漫的形象，给别人以欢畅，给别人以温暖，然后在繁华褪去之后一个人舔舐这颗孤寂的心。

绝　望

看到这两个字，不觉被震撼了一下，绝望，彻底地失去了希望，没有一丝丝回转的余地，把人逼到绝路上，悬崖边，死路一条了。

看到这两个字是在路遥的书《平凡的世界》中对润叶的描写，他写润叶对爱情的绝望。润叶做违心的事情，为了成全所有人，看似伟大的背后却是痛苦的绝望，比被人推入悬崖更让人生无可恋。

绝的是心，心凉了，用热水也暖不过来了，彻底没救了。

更直戳人心的，让人心一颤一颤的就是女友的爱情，好好的爱情被第三者插足给生生地破坏了。哭得眼睛红肿，比润叶的眼睛更肿、更红，跑到我这里哭诉，要死要活的。

心里明白，她这份恋情不长久，看她陷入太深，同时也希望她能在水里扑腾出水花来，要是浪花就更好了。时至今日，看着慢慢消失在黑暗里的路人，我说，明天的太阳照常会升起的，没有过不去的坎。

她的眼睛又湿润了，她说，心好像被千匹马在踢踏——绝望了，还有什么能够支撑我活下去的勇气。

她绝望的是爱情，对爱情失去了信心，失去了勇气，绝望还真把人折磨得人非人，做什么事情都不在状态了，失魂了，吃饭味同嚼蜡，夜不能寐，走路摇摇晃晃，心里明白，再也不可能复合了。

过一段时间再见到她，她仿佛变成了另一个人，瘦得让人心疼啊，风一吹就能把她吹走。

绝望，真真的是把隐形的刀，能要人命呐。

遥相呼应的《钗头凤》生生地断了一段美好的爱情姻缘，陆游对唐婉的爱，海誓山盟，海枯石烂，可是终败给了现实的巨大手掌，一下子劈成了两地遥遥相望的银河。"错错错，莫莫莫"对着"难难难，瞒瞒瞒"，凄凉得像一片荒郊野地，寸草不生。

可是我却很喜欢这个词，特别是"绝"这个字，凛冽、干脆、直接，丝毫没有商量的余地，就这样了，就要一刀毙命，斩草除根，免除后患，大丈夫所为。

古代的科举，现代的高考不就是这样？考上了皆大欢喜，落榜了无人问津，心如死灰，灰溜溜地回去。要不重新考，要不另谋出路。

望是遥遥相望，望眼欲穿，是绝处逢生。

不成功，便成仁。

我外公年轻的时候，参加过红军，与日本人打仗，手持刺刀，杀一个人简直比宰一只鸡还容易，鲜血从伤口汹涌地喷薄出来，溅得满脸满身都是血。外公说，都不带怕的，把命随时挂在刀上，枪口里。晚上睡觉的时候，他总觉得下面有人的尸体，起身，用手挖，挖出个死人胳膊，然后继续躺下睡，不一会儿又起身挖，挖出个腿。一晚，能挖出好几个被地雷炸得七零八碎的肢体，那时候死的人遍地都是，根本认不出来，与泥混在一起。

外公说，吃饱穿暖都是幻想，只希望着新中国快点到来，生活能够安定。

如今新中国来了，生活多精彩，丰衣足食，然而外公却是带着希望与世长眠。

冰冻三尺非一日之寒，把自己包裹得像一个蚕，春去秋来，狂风暴雨，待到春暖花开时，破茧重生，给万事万物一个全新的拥抱，这拥抱像是蜜一样，是香的，甜的。

绝望是在困顿中画地为牢，破釜沉舟，在绝境中开辟一条新境来。

飘飞的思绪

彩蝶的蹁跹起舞芬芳了多少世纪；花儿的竞相开放，姹紫嫣红，缤纷了多少春夏。水墨莲香，繁华过后已千年。蓦然回首，曾经的身影如烟如云，经不起风沙的抚摸。

精彩的世界如一串串晶莹剔透的珍珠，映射出光芒的色彩斑斓。但唯有黑色是我的最爱。喜欢它的直白不虚伪，向世界勇敢地袒露出它的真诚。常听人说，喜欢黑色的人内心一定充满阴霾。下雨时，虽然讨厌它的多愁善感，但我却格外喜欢这声音，好像珠落玉盘的清脆，高山流水的音律美，琴瑟弹奏出的万古绝唱。雨，是我心灵的诉说。

不断带来的各种压力像隐形的山，难遣，难消。像雪球，越滚越大。由此，黑夜是我最好的伴侣。听黑夜歌唱，带走了我一天的不愉快；向黑夜倾诉，它是我可以依偎的肩膀。陪我静默，黑夜是乖巧的女孩，一言不发。

美丽的梦幻是心灵的栖息地。幻想着有一天变成海鸥盘旋在大海的上空；幻想着有一天变成法国的梧桐，让相思化作梧桐雨点点愁；幻想着有一天变成凌寒独自开放的梅花,点缀苍白的冬天,带来些许浪漫与温馨。

悲极生乐,虽然不像"只恐双溪舴艋舟,载不动许多愁"的愁重;不如"抽刀断水水更流,举杯消愁愁更愁"的愁繁,但我已是"山重水复疑无路,柳暗花明又一村"。天地是宽阔的,大路是平坦的。我相信"海阔凭鱼跃,天高任鸟飞",机会是自己争取的。

既然前方是地平线,留给自己的只能是背影,学习帆儿"长风破浪会有时,直挂云帆济沧海"。黑夜中的我,一双忧郁的眼神,好像整个世界都陷在忧愁当中。此时也应该相信黎明将会穿破黑暗带来光亮,明月的光芒会凭着幽幽的薄温融化心灵的冰霜。

百花丛中,蝶儿娴熟地舞蹈,划出优美的弧线。繁华过后又千年,在灯红酒绿的街头,蓦然发现,那人一直在灯火阑珊处。

人工湖的诉说

校园是瘦长的,如美人纤细的身体,婀娜多姿,这是常常和同学开的玩笑。

确实如此。步行从校前门到后门差不多要半个小时的时间,大学校园嘛,还不算长呢。如果我要说图书馆挨着后门,而宿舍却在前门对面的生活区,爱学习的学生就该有些唏嘘了。不过图书馆藏书众多,是挡不住爱学习的学生的步伐。每日步履矫健,神色匆匆的,定是赶着去图书馆占个好位置的学生。但你也会看到这样的人,一男一女,或者是男男女女,步态轻缓,有说有笑,时不时还拍拍彼此的肩膀,他们也是去图书馆的,可是待不了多久就会离开。图书馆有无线网,是一边谈恋爱,一边用无线网,享受午后悠闲的时光的吧。

有人奋笔疾书,恨不得把时间劈成两半,笔头都被咬破了,眉头皱成个"川"形;有人悠闲自得,手机蹦出来的消息充斥着整个大脑,整个神经,嘴巴弯成了小船。

这便是大学生的缩影,图书馆,最能看出一个人的内心。

不久，突然间少了许多"优哉"的学生，原来是学校的无线网断了。一边少了就会在另一边多了起来，这是牛顿的守恒定律，似乎也像是个跷跷板似的。于是，人工湖边便多了"优哉"的人。湖边是散步闲聊的好去处，有水波荡漾的涟漪，有荷花盛开的娇艳，有狗尾巴草来湖边凑热闹，有柳枝飘飘的清爽淡雅，况且湖周围还有藤椅供人休息。心呀，心旷神怡，情呀，情深意切。

自古多情的人最会寻觅绝妙的好去处，可不能委屈了感情啊。

这个湖和师范的湖形成轴对称图形，形状相差不大，如果是张纸重叠起来，正好湖心对湖心。师范的湖还有个好听的名字——天鹅湖，还真有天鹅。黑天鹅，亮片似的羽毛泛着金光，风一吹来，像是美人飘起的头发，带着清香。扑扇着翅膀在湖里游来游去，似乎在显摆：看我多美丽，比白天鹅更美丽。由此招来了许多的游客到这里游玩。

这个湖也未有名字，我们叫它人工湖。叫人工湖，贴切、形象、确实是人工完成的，纪实得很。它招揽来的还有一对对的情侣，善男信女，你情我爱。大家都说，在大学不谈场恋爱，枉费了大好时光。

时光可不能枉费，于是人工湖像是月老一般，为小情侣们牵线搭桥。

每日傍晚时分的人最多，藤椅都不够用，有的只能站着。浓情蜜意，总有说不完的话，直到暮色深深地盖着这片湖，他们还是彼此紧紧地拥抱着，不舍离去。看了这么多对情侣秀恩爱，湖害羞得只能静静地不说话，低着头，躲进幕夜中。

冬天还好，天冷风烈，只有阳光出现的那一点时间来这里。夏天人是最多的，多得可以开晚会了。天气热，湖边凉快又相对安静，两个人温热的心可以在湖水的冲洗下贴得更近。

不光是热恋中的人来，失恋的人也会来。不管男女，心中一定悲痛不堪，眼角挂着眼泪，坐在湖边，嘴里尽数说着对对方的好，可还是换不来对方的一丝珍惜。哭啊，大声地哭，惊吓了一旁说情话的人。即使如此，还是要哭，不哭，怎么能缓解内心的压抑、伤心呢？就是要哭，哭他个天崩地裂，哭他个海枯石烂。

感情的事，谁说得准呢，何况还是涉世未深的孩子。湖的波纹渐渐淡了，挨着岸边的迎春花开了，灿黄灿黄的。春天来了。

偶见几个戴着镜框的学生在湖边看书，无论春夏秋冬，总有那么几个。

湖啊，听遍了这些风花雪月，看遍了分分合合，一直都选择沉默，因为沉默是最好的诉说。它知道，少年的心是坚持的，就像盛开的迎春花，一旦开放，便是春天，谁也挡不住。

润物细无声

春天,是最容易泛起人们情欲的时候。

在中州大学度过了第二个春天,也许我是感伤的,因此我总是在面对一处风景的时候感怀一番,才不枉来过一回,像极了杜甫的"感时花溅泪,恨别鸟惊心"。

两年前,我带着满怀的欣喜来到这里。这里的一切都令我感到新鲜,一排排整齐的红色教学楼,满地鲜花烂漫,一条条幽静的小道总是让我想起撑着雨伞结着愁怨的姑娘,仙女湖下总会有三三两两谈恋爱的同学,还有老师们兢兢业业的教学精神。

这两年来,学校基本上没有多大的改变,一如当初的恬淡,然而我在这里却成长了不少,虽说外在的没有什么大的变化,但是就像"随风潜入夜,润物细无声"般的在潜移默化中学习了许多有意义的知识,对我帮助最大的就是我的语文老师,来到这里仿佛就是为了遇见她。

冥冥间从第一眼看到她就让我觉得那么亲切,用一句太做作的话说,好像在哪里见过你。

喜爱写作的我在大一下学期看到有语文科目的时候，比捡到钱还让我兴奋。或许是文学情结吧，看到那火辣辣的语文两个大字出现在荧屏上的时候，我全身的细胞都沸腾了。

得到语文老师的帮助是在她看到我在校报上发表的一篇文章开始，后来，我每次写过的文章她都会亲自给我点评，指出我需要改进的地方，逐渐地，我对文学的热爱达到了近乎痴迷的程度。我爱写散文，总是爱写那些风花雪月，天马行空，虽语言优美，但是空洞没有内涵。廖老师说我应该多关注些情感之外的事情，不能老是守在自己的感情世界里，诉说衷肠。老师推荐我看当年明月的《明朝那些事儿》，当年明月用比较轻松的文字把明朝的历史印刻在纸上，给人们不一样的感受，我学会了写作有时候可以像玩游戏一样轻松。

她的每堂课我都去，听她的课会让你有种如沐春风的感觉，本来懒散的心情瞬间充满了激情。

有次在另外一个城市上学的同学让我帮他写关于贫困生征文的文章，老师在很晚的时候收到我发给她的消息然后回复我，帮我找写作方式，这篇征稿我写了三篇，老师帮我看了三次。

对于廖老师，感谢显得太过于浅薄了，她是我在这个学校里的恩师。她让我去社团锻炼写作，她给我说语重心长的话，她让我端正写作态度。

有一件事情我真的是辜负了老师的一片深意。

我从来没有放弃过写作，但是我在写作的时候总是会受到情绪的影响，情绪主宰着我的写作，对很多人来说是矫情吧，所以我让老师失望了，唯一的一次。在老师循序善诱的启发了我很久之后，因为心态不好，情绪低落的我放弃了那个命题投稿。现在我很后悔，后悔的不是没写，而是我太任性了，不应该被情绪左右着自己的事情，也深深地对她表达歉意。

当然，我在这个学校也得到了很多朋友的帮助，他们在我难过的时候安慰我，在我失落的时候鼓励我。

润物细无声，说的就是情感的交融，说的就是人与人之间心的距离，那是感情的升华，思想的成熟，为人的善良。

深海里的星星

一句意犹未尽的话，如被夜里的烛光无限拉长的背影，充满了不是凄凉而是无人陪伴和无人安抚心灵的感伤。

天幽蓝得像倒过来的海！

听着忧伤的歌，感觉内心深处的堡垒正在以一种摧枯拉朽的姿态倒塌着。毫无征兆的，就像夏天多变的天气。这一刻，炎炎烈日还在头顶上用一张狰狞的近乎疯狂的脸炙烤着你的时候，下一秒钟就是一场倾盆大雨，让你猝不及防，还不得不叹服大自然的神奇与伟大。

歌词里有不同的人生，每一种人生中的悲欢离合只有经历过的人才有感触。用一百年的时光守护一个与神灵同在的诺言。就算世界再荒芜，这种无药可救的信仰一直被奉若神明。

犹豫又徘徊了花开花落之后，决定旅行，并不是旅途中能收获温暖或者安慰。夏天的风太狂躁，总要有一个角落或一处美景盛放不安的心灵。回忆是藤枝，蜘蛛网般缠绕整个身体。如果没有阿里的火烧云，明天的太阳将会是另一番笑脸。

追逐着梦想的翅膀，不安的心灵需要慰藉的汤药医治。年少春衫薄，秋风吹过那些断壁残垣的生命，有一种刺骨的痛直入骨髓好像与血液融为一体，化为生命中的一部分，永恒存在。

有那么一种花，嗅后便难以忘怀；有那么一首歌，听过就催人泪下；有那么一句话，说过则无怨无悔……

"我举着一枝花，等你带我去流浪。"如硫黄般腐蚀心灵最脆弱的地方，那么痛，如此无情。

一句意味深长的话，却要用一生寻找，欲说还休的无奈披着冷冷的月光行走着。徘徊在进退之间，游走在悲伤的边缘。无力挣扎的身躯被夜紧紧地包围着，呼吸着稀薄的空气。还期盼着下一轮太阳升起，能得到些许温暖，然后继续流浪。

灵魂被凌迟处死的感觉，是窒息的痛，是无法咀嚼的伤。该如何抚平时间也治不好的疤痕？当你点亮一盏灯，靠近的瞬间，觉得整个世界都亮堂了，眼角的眉梢突然变成了一只美丽的蝴蝶飞舞着。那些到不了的远方，终成为慢慢回忆的过往。

生死两茫茫，愿栽梅花几棵？梅花盛开，感召爱的力量。当还在用一种忧郁的眼神看事情时，一切都在发生着变化，枫叶已变红，秋不请自来，田野不知什么时候少了青蛙的聒噪，湖水泛着青绿。故事终会结局，发生在哪里，就让它留在哪里，独留青冢向黄昏。像一个陌生地方的陌生的人，无声地来，默默地走，天涯海角，没有一片云彩愿意停留。

尘埃落定，夜幕笼罩着整座城市，忧伤浸透了每一张脸。

会不会有时突然觉得什么东西丢失了，丢失在喧闹的街道上；丢失在超市里一排排的货架中间；丢失在来时的路上，道路两旁的鲜花丛中；丢失在呼啸而过的时光中。

一句还没来得及要表达的话就已错过。有时候，一句话真的可以成为一生无法解开的心结。

关于过去，选择忘记。把与之相关的悲伤，遗憾，隐忍，感伤，寄托于一颗星，石沉大海。所谓的茫茫世界，就此掩埋。

生如尘埃,飘荡世间

生命的形成本身是一个奇迹。始于子宫,而后脱离母体,最终形成完整的个体,时间不多不少,刚好够完成一个生命的需求,然后在复杂的世界里活动。其思维,行为,心智在往后的岁月里逐渐成熟,在虚幻的空间里,存在一个自己的世界。

生活中无可避免地会遇到形形色色的人,学习各种技能和方法,然后一点一点消耗生命,走完这一个轮回。

可这中间似乎有着谜一样的诱惑,错综盘旋的像是百年树根,因着人的思想,我们每天都在经历着,观察着,使我们进步,前进的同时总免不了误解和不满。然而谁又不是这样呢?没有天生的演说家,都需要一点点的积累,最后厚积薄发亦或是涅槃重生,这是一个过程,历练的过程。其中难免会有心酸,无奈,困惑,迷茫,失意,似乎像是一种使命,天赐的使命,"天将降大任于斯人也,必先苦其心志,劳其筋骨,饿其体肤,空乏其身,行拂乱其所为。"

在一个人的处世观念形成之后,都会有自己的一个信念,确切地说应该是追求。每一天坚定地朝着这个目标前进,不屈不辱,外界的诱惑像是一片云,淡淡地来,淡淡地走,不会扰乱心智,只需要逐步前行。可是我知道,世俗的压力总是超过想象,给人类美好的幻想致命的一击,然后潇洒地离去,独留下白茫茫大地真干净。

  人生,为何总要唯唯诺诺,亦步亦趋呢?也许这便是现实,现实总是残酷的,可换句话来说,是金子总会发光的。闪耀的光芒是无论如何也遮不住的,锋芒毕露是早晚的事情。但是物欲横流的社会不会给人类太多的思考时间,是金钱还是追求,两个相背而行的平行道难住了亿万人民,又没有难住他们。每天进行的生活自得其乐,奔波忙碌,养家糊口,清早在菜市场打着哈欠讨价还价,生拉硬扯着闹脾气的孩子去学校,开着车的年轻人一个拐弯不小心蹭到骑着自行车的年龄稍大的老人,然后大吵大嚷着赔钱赔钱……呜呼哀哉!

  安静的沉寂内心是李白的蜀道难,空洞、贫乏的内心像是深渊,在俗世面前,总也填不满。

  每个人都把自己比作一个救世主,盼望着未来的某日,将会有天翻地覆的改变。是的,会改变,世界时时刻刻都在改变,可是,不是为你,不是为我,是为整个社会。

  很难见到午后捧着书,坐在紫藤树下安然地沉浸在书里的人了,好久没有看到一篇让自己心动的文章了。悠悠岁月,转瞬即过的时光,最后留下些什么呢?其实,仔细想来,我们不过是洪流里的一粟,江河里的一滴水珠,沙漠里的一粒尘埃,飘荡在世间,走到哪里哪里便成了家。追求的是精神的满足,可仍抛不掉尘世里的无奈,这是人性,亦是本性。生命的逝去丝毫不会改变命运的齿轮,该运行的正在有条不紊地运行,该流失的都随着河流汇入江海,该得到的终究会得到。

  回到本真,才恍然大悟,原来有些东西正在快马加鞭地逃离。

心思细腻下隐藏的敏感

  文章的一气呵成总离不开日常细微的观察，默默然形成了细腻的感情。对许多事物都亟待探索，之后形成敏感的思维，然后依托文字，呈现出来。

  书写的时候浑然不知，仿佛约定俗成或者是理所当然的事情。融入文字之后，表现出一个尽善尽美的人物。这是文字的功效，当然也和一个人的根本品性有所关联。这在书写的过程中屡见不鲜。

  在以前，许许多多人认为敏感是独属于个人的多愁善感，借以文字抒发情感。略带褒贬意味，然后逐渐地疏远敏感之人，甚至冷淡。通常情况下，对于他人的判断，我通常不予置理，世界是自己的，文字是自己的，与己有关的一切事物都与他人无关。

  无需承受，自然的法则告诉人们，新旧事物的交替意味着重生，分裂。

  心思细腻之于书写是先天的优势，之于生活却是异样的存在。

  人作为群居动物，需要朋友的呵护、陪伴、帮助，朋友作为一生不可缺少的珍品，常常起着决定性的作用。有句话"读万卷书，不如行万里路；行万里路，不如名师指路"，这里的名师显然是能够慷慨解囊的朋友，亦是伯乐。作为一个书写者，这常常是难以实现的。

这也常常致使敏感神经的激发，会幻想很多事情。与A的对话中，对细腻和敏感做了详细的阐释。

"很多次，看着阳光洒进屋里，风躲在外面呼啸，我都会想到以前的种种，想起来很多事情。奇怪的是，同样的一个人，一个心却再也没有当时的义愤填膺，当时的慷慨陈词了。我以为自己没有感情了，失去感知的能力了。当看到一树繁叶在气候的催促下只剩下灰暗的树枝；衣服穿了又脱，脱了又穿；婴孩儿学会走路，学会喊第一声妈妈；每天更新的电视剧……我才知道并非如此，它是时间的强大力量，时间不能改变生命，却悄无声息地改变了一个人的思维，对待事物、处事的态度。"

A的潜发于内心深处的感慨，是作者写作的养料，让文字不拘泥于死板，反而生动、形象，给人以想象。细腻在这个时候把敏感的外套一层一层地剥开、展现，或许妙曼的身姿，或许清爽的脸颊，或许衣带渐宽终不悔的哀怨。多元化，必将呈现出丰富多彩的真相。

人在不断地长大，时间在推移，活不回去，只能前进，接触新鲜事物。以前稀罕的现在却是常见，以前在乎的现在不过是轻轻一句便已带过，没有什么值得一生留念，爱情亦是如此。

敏感是爱情的关键词，也是首要对待。尘世间有多少对恩爱情侣因为敏感而心生隔阂，有多少对夫妻因为敏感而情感危机。敏感是对对方情绪的快速捕捉，实现包容、理解，让彼此心生愉悦。

可是，月明星稀，柳絮飘飞迷蒙了彼此的双眼。一双墨般的瞳孔尽是防备，尽是锱铢必较。爱情的空间本就狭小得只能容得下两个人，何况又夹杂着外界的纷繁叨扰？

细腻隐藏下的敏感，似乎像是一颗定时炸弹，行家会泰然处之，碰到门外汉，则是一根提前引爆的导火索。

　　不论对于爱情还是书写，心思细腻是作为一个评价的存在，它是一种底料，让味觉充斥着刺激，喜爱，不舍。

叶落枝空陪锦年

往昔与现在,梦想与现实,巨大反差。是晴天的一声霹雳,惊醒酣睡寻梦的百灵。

如果回忆能下酒,醉一生今宵又明朝。踏花拾锦年,别有忧愁随风去。你不懈地追求,我亦坚持地前进。为理想,为未来,为遥不可及略带迷离的梦。

韶华已故流光浅,古道巷陌一声笛,吹起满天青丝为谁愁?忧郁之后笑声起,只道是无奈!寻梦,握一手湿凉;追梦,风沙朦胧了路途。谁不知道安逸舒服的生活才最享受。然而生活就是如此善变,摸不清,猜不透。尝尽酸楚始悟出:人生如戏,戏如人生。演不了的心境变幻,曲调难控也是哀。

不愿沧海寄余生,为了远在他乡的吾寐思服的梦想,去拼搏、去奋斗。风萧萧、水潺潺,五味杂陈的内心寄愁心与明月,问:你是否明白我内心的焦虑与不安?弯弯月,昏暗的光芒照不清野草单纯的青翠。月光下流水泛着金光,哼着曲调汇入江海。

有时心静如水，有时大喜大悲的情绪似波涛，此起彼伏。曾几何时，我一度认为自己是迷失方向的小孩，数着大树的年轮徘徊，局促不安。空中的毛毛细雨，留着对往日的哀愁，对未来的期盼。黄鹂婉转的歌喉，为空寂的大地带来对生的渴望。

梦一样安详的田野，做着和我同样的梦。四周有萤火虫的微光，仿佛在黑夜的海上发现生的希望之光般雀跃兴奋。篝火在跳跃，我不想入眠，在这恬静的深夜，我与星星聊天。我的心像大海一样宽广。

四季交替，枝丫摇摆舞姿，为四季起舞。叶落，枝空。锦年，谁陪？

自由之身

终于，暮色降临，黑暗如披在我身上的蕾丝一般严丝合缝，把身材修饰得近乎完美，我获得了自由之身。

红绿灯的明明暗暗，川流不息的人群，突变的天气狂啸着要把我吞噬，脱离这个世界的困扰，穿着此刻像天空一样的土灰色运动服，我把书包背在胸前，躲在站牌前，和同伴一起等待着公交，似乎在等待着救赎，让我永远得到解脱。

只是阶段性的，我的自由之身，不够完整，几个月之后，还有一场挑战，等待着我如期赴约。

风很大，很冷，似乎要穿透我的皮肤，钻进我的骨髓里，血液里。我像个待宰的羔羊，仰着头，看着路对面的高楼大厦，发呆，思绪不管不顾的天马行空。

我想说，我获得了自由，拥有了自由之身。

向全世界宣布。

为什么要这么激动，以至于要当着众人的面手舞足蹈？在晚上的挑灯夜战，眼皮厚重的抬不起来的时候，我的心情灰暗得几近崩溃，眼睛呆木地直视着跳舞的文字，抓也抓不住，如沙，从指间划过，没有痕迹，仿佛从没有存在过。

记忆力很差，也许我天生与考试为敌，这是我多年以来，经过大大小小几十次考试之后得到的答案。

我不适合考试，同时也惧怕考试，心跳加速、害怕、恐惧，这些词都是我排斥的，是内心的承受能力太弱了吧，所以会心烦，焦躁，心情从低谷中划过，像是一种绝症，无药可救。

可是，事情过后又有什么呢，就是个本该度过的周末而已。做了几班公交，吃了几顿饭，认真翻看了几页书，记了几个名词，考试中忘记背的内容而已。

该失落依旧失落。

我所说的自由之身，是精神的自由，精神的解脱。只有精神自由才是真的自由。

依赖精神生活，自然地依赖文字，文字是灵魂的表现，赋予文字真实的情感会让我觉得做了一件开心的事情，全身心放松，像吸了大麻，身体轻飘飘的，瘫软在沙发上。

重新拾起一本未看完的书，咀嚼文字，体味作者内心深处的声音，给予思想最大的想象空间，在文字的世界里尽情地翱翔，天南海北。

很多人说爱写作的人就是矫情，无病呻吟。

可是，你永远不知道一个作者在完成一本书的时候经历了什么，或者是正在经历什么，就像你永远也不明白一个将死之人的内心独白。作者的文字就是一种表达，无声的表达，感情真挚的表达，作者的真情流露，就是要把整个心都赤裸裸地展现在你面前。

最喜欢的便是看完一本书，合上，摊开笔记本，写下此时此刻的心情，唯美的、煽情的、伤感的，只有自己看到。我是自由的，我可以随心所欲地做任何事情。

我现在是自由之身，可以不睡觉，整夜地看书，看电视，玩游戏，疯狂地盯着天花板失眠，想些可能的，不可能实现的事情，憧憬着未来的日子我过着怎样的生活，我成为什么样的人，坐在电脑前一直敲字，继续写着未完成的小说，给某个人打电话，趁着酒精的作用对他说憋在心里很久很久的话。

不论今夕何夕，今朝有酒今朝醉，我的精神是自由的，我是自由之身。

最靠近灵魂的，是音乐

疲累了，听一听音乐；困顿了，听一听音乐；焦虑了，听一听音乐……音乐，间接性地调节着心绪。

究其原因，人类的灵魂最缺乏的是共鸣、是安抚、是贴合，这时候音乐暂时性地对其舒缓，放松心情。

那种旋律会有一种代入感，因此，流行音乐成了主流。00后最爱的是《青春修炼手册》，90后最爱的是《小酒窝》，80后最爱的是《冬天里的一把火》，在音乐中，人们能找到与灵魂相契合的归宿，我把它理解为包容。

它包容着情绪的错综复杂、灵魂的孤寂落寞，然后细微地通过血液、情感输送到身体的各个角落，最后身心得到放松，一切变得友好而妥善。

不光流行音乐如此，轻音乐，歌剧，钢琴皆如此。

记得有一年的冬季，我来到中南民族大学，与一位友人相聚。正巧当晚有一场钢琴大师的音乐会，于是，我颇有兴趣地准备参加。

午饭过后的时光慵懒而缓慢，无风，阳光充足温暖，她知我爱看书，便带领我去学校的图书馆借两本书略作消遣。双子塔的图书馆巍峨，在楼底向上看，似乎要耸立于云霄，双子的构造像是一对双胞胎，惺惺相惜，不离不弃。

几十层楼高，满满当当的都是书，看到了很多爱的书，但是想到晚上要听音乐会，索性就借了一本书——丁立梅的《有美一朵，向晚生香》，这是我第一次读她的文字，亦是第一次知道这位"最暖人心"的作家。这本书的书名吸引了我，只看到名字，层层的雅意挡也挡不住地向我扑来。

在文字里煮香，如桂花酿酒，十里飘香。

时光在阅读中总是停留得短暂，很快将近晚上七点半，报告厅陆陆续续地来了很多等候的人。友人催促着我赶快进场，可是早已被丁立梅的文字深深吸引的我，还沉浸在其中不能自拔。还有最后一页阅读完毕，友人知我品性，看我的眼睛实在移离不开优美的文字，只好静静等候。

待我合上书本，我感悟，读优美的文字，不就是感受一场精神上声势浩大的音乐吗？接下来，我要感受一场现实中声势浩大的音乐盛典了。

这是一位来自美国的钢琴大师，名叫弗朗兹·舒伯特，留着络腮胡子，高大但很腼腆，旁边配有一名女翻译员。报告厅不大，二百人左右的座位，座无虚席。我是一个不懂音乐的人，偶尔听听流行音乐尚可，对这么专业性的音乐，只能是凭着感性认知去欣赏当晚这场音乐盛宴。

弗朗兹坐在钢琴前轻柔地抚摸它，像是抚摸一位亲爱的姑娘，然后轻轻抬起双手，眼睛饱含深情。突然，他的双手落下，一串旋律灌耳袭来，全场被音乐沸腾起来了。每个人都坐直身体、闭上眼睛、侧耳倾听。

不知曲调，但是我被它那抑扬顿挫的旋律深深地折服，明白好音乐一定是来自于灵魂的奏乐。真正爱音乐的人，和音乐是融为一体的，融化成水的冰，流进江里的溪，再也无法分开。

当弗朗兹弹奏肖邦的《夜曲》的时候，情感随着手指的舞动表现得淋漓尽致。铿锵有力，抑扬顿挫，一抬首、一低头，闭眼、皱眉，身临其境，仿佛深爱的人今夜要转身离开。弗朗兹的眼泪流出来了，这是在挽留吗？如果真的去意已决，眼泪真的可以把心融化吗？

弗朗兹把真情倒进钢琴的旋律中，在音乐中埋葬情感。他弹得真用情、用心、用力。想来应该是爱情，唯有爱情才让人更动容。

他的音乐百转千回，不绝于耳，不知是谁说了一句，天籁。是的，是天籁，灵魂被涤荡了一番。

此刻不是手机，不是游戏，不是逛街最与灵魂靠近，是音乐，音乐颠覆了一切。

听到了好音乐，实在不枉此行。

脑海里不觉映现出了下午翻看丁立梅书籍里的一句话"感谢生命中的那些相遇，在我的人生的底色上，抹上一朵粉红，于向晚的风里，微微生香。"在生命中，会有无数次的相遇，擦肩而过、偶遇、不期而遇，它们总能在人生中起到一些看不到，摸不着的作用，扭转着生活的齿轮。

艺术是一座神圣的殿堂，不是膜拜就可以靠近，是天赋才有特权，能与之交流，甚至碰撞出耀眼的火花。直到现在，每每回味当时的盛况，心中总是萦绕着不尽的享受，也许是灵魂的某种对音乐的渴望被激发出来。

音乐与文字在某种程度上高度相似，它会悄无声息地改变着你的生活，你对人生的态度。

前段时间，我用手机订阅了中国著名歌剧家李晶晶的课程，她用音乐的形式讲《卡门》，讲《图兰朵》，讲《费加罗的婚礼》，回味经典，品读经典。当你沉下心来，仔细领悟经典音乐的时候，你会觉得，它与你的灵魂曾靠得如此近。

第二辑　而我欢喜生

奋斗过的梦才叫青春

如今回想起青春时期为了文学之梦努力奋斗的日子，顿时心中百感交集。

文学之路漫漫，因为热爱，所以凭着这个动力走到了今天。循着热爱这条小道我慢慢地往前走，每天读书，为写作积累素材。逐渐地，我养成了每天必须阅读的习惯，一天不读书就像是没有吃饭饿得发慌。有一次，我因为回家坐车很累忘记读书，睡觉睡到半夜坐起来找本书读了几个小时。

写作一段时间之后，开始尝试着向报纸杂志投稿，过了一个多月，很幸运地，我收到了一家杂志的样刊。看到自己的文字印在散发着浓浓墨香味的纸上的时候，那种欣喜若狂的感觉比得了大奖还令我兴奋。不过在写作的路上，投出去的稿件，更多的像是沉寂在大海里的沙石，激不起一点浪花。

这并没有浇灭我的文学梦，我依旧坚持写作。我内心渴望着有一份能盛得住我的乐土，在那里，不论我的文章是否被认同，只要有人阅读，我依旧很开心。

记得有一次在高一的时候，我看了毕淑敏的《今世的五百次回眸》之后，很受触动，花了一下午的时间写了一篇以此为标题的散文。我很自豪地拿给旁边的人看，谁知对方把稿纸推向一边，说文章不好，断定登不上杂志。说者无意，听者有心，我的眼泪当即流了下来。内心的倔强告诉我，我不相信自己的文学梦是一种脱离实际的幻想。于是，我很认真地上语文课，记下语文老师说的每句话。

后来每每被老师夸奖写作水平进步，心里乐开了花儿，这更加坚定了我的文学梦。我坚信，一分耕耘一分收获。

至此之后，我更加投入地写作，给各家报纸、杂志社投稿。在追求梦想并为之奋斗的时候，我就像是无头苍蝇，在人生的路上横冲直撞。现在每每看到文章被刊登，我知道正在一步一步地靠近我的文学梦。

为了梦想努力奋斗，无怨无悔，人生苦短，不努力拼搏一把，怎能知道未来的路是怎样的呢？我想，这也是青春时期最弥足珍贵的地方之一。

感受语文,那一抹柔情

语文,你那浓墨重彩的一笔让历代心灵的殿堂亮起了闪烁的光彩;语文,你默不作声的姿态使多少的胭脂水粉在你面前黯淡了华丽,低下了傲慢的头颅;语文,你衣袂翩翩的舞姿惹来多少文人才子的喜爱和垂怜,连我也为你痴迷。

偶然邂逅一句话"语文带给了我什么?"这句话深深地刻在了我的心底。我开始用所有对语文的认识做一番探索,它促进我的大脑航行在历史时空的隧道。慢慢地,那像一缕轻烟的尘雾仿佛把我心底对语文的柔情掀了出来,展现于世。

喜欢语文,喜欢它的清丽脱俗,到哪里都不大俗,有一种媚让人神魂颠倒。闭上眼就能看到林徽因那首《愿意》写得那么深切、情意绵绵。爱上语文,一生与你为邻,再也扯不清的"剪不断,理还乱,是离愁,别是一番滋味在心头"的易安对爱情的离愁别绪怎一个"愁"字了得?站高处,观远山,是一种境界,更是一种洞察是非的超脱。不可能把自古英雄悲寂寥的项羽忘记"力拔山兮气盖世,时不利兮骓不逝。骓不逝兮可奈何，虞兮虞兮奈若何"对虞姬的不舍和无奈，愿与之夕阳共醉，知我一世英明。一场梨花雨，勾起了黛玉的忧郁的心性"花谢花飞花满天，红消香断有谁怜"在一片一片花瓣无情飘落时，让黛玉的叹息声浓重了起来。

很享受语文带来的微妙感受，不骄不躁，不气不馁。

捧起一卷诗书，便有一种"腹有诗书气自华"的饱满感，我自此知道我已深陷语文不能自拔。今生我遇上你，是一种劫难，注定了在你的殿堂里吮吸岁月的雨露浓汁，灌输我一些心灵对人生和思想的考量。就如一触到你的衣袖，就能让我情不自禁坠入文学的沟壑。曾听语文老师说过，漫漫文学就像是一条无尽的大河，在这条大河里你感受的不仅是文字带来的视觉盛宴，还有那情感的千变万化，一会儿美人娇妻的甜蜜，一会儿做事干净利索的女汉子，一会儿如梦如幻的海市蜃楼。然而，越这样越给人一种朦胧的美感，捕捉不定它的神韵。

语文的力量是无穷尽的，不然怎么有那么多的人愿意在青石台上抚摸着它的质朴却发出不一样的丰富的情感。语文是"随风潜入夜，润物细无声"的一转身一抬头地融入其中。语文是心灵的汤药，伤了、累了、倦了，喝一口用心感受那沁人心脾的清爽。

对于语文无可救药的迷恋是我在上了大学的时候，特别是听了语文老师的课之后，我更加彻底地爱上了语文，爱上了它的活泼俏皮。在语文老师的授课中，我才知道我的文学素养是如此匮乏，从不知道原来语文可以在餐桌上体现，可以在唇齿发出声音的美妙中感受到，可以在游山玩水时一条壮阔的瀑布得到诠释。对语文再也没有以前呆板的字里行间的寻觅，寻找文字所散发出来的芳香，而是感受它整体至情至性至理的艺术。这种爱似乎超越了时代的限制，世俗的喧嚣，古今中外。不仅是阳春白雪的高雅，还是下里巴人的入俗，它都是不一样的曲调，不一样的柔情。

有一种感觉一直在萦绕心头，如果一支笔可以画出一个春天，那么文字是否可以颠覆时代的潮流，奔涌向前？没有谈古论今的资本，但是赤裸裸的"一片丹心照汗青"的感情足以让我放弃所有奔入文学的怀抱。语文，不代表语言所表达出来的文字，它是一台钢琴，文字是美妙的音符，浑然不觉间已是如痴如醉。

看着语文，会有一种心静的感觉，读着语文，会有一种豁达的感觉，抚摸着语文，或惆怅或寂寥的难遣的心绪一瞬间烟消云散，留下的只有禅意的平淡。

感受着语文带来的炙热的一触即发的火焰，我的心也燃烧了起来，真想把文学揉进我的身体，我的心里，能够和它永恒存在。山高水远的空灵绝唱是文学的魅力，语文就像是四库全书般完整的存在，怎容得一丝丝的讽刺和践踏？跟随着语文的身影，追随着老师鞭辟入里，玲珑剔透的对文学的感慨激昂的宣泄，希望世界多一些真的发自肺腑地爱语文、爱文学的人。语文应该是被人奉养的一幅美人图画，充满着爱和希望的种子，播种你心，来年开出一簇簇的花。

如此，便深爱。那一抹心底的柔情伴着"日月之行，若出其中，星河灿烂，若出其里"的壮阔更加抒发得透彻。那感受的余温藏入了"一片冰心在玉壶"的深远久长，携着语文的手一直走下去。

感谢岁月，赐我一纸书香

有一种情怀，总要用一种媒介来寄托。有书，便别无所求。

不知从何时开始，喜欢逛书店。汗牛充栋，书香满怀，余味缭绕，手不释卷。我仿佛看到了千年的战马滚滚而来，辛弃疾的"夜里挑灯看剑，梦里吹角连营，沙场秋点兵"既充满霸气，又显示出作者坚毅不屈的情怀。那婀娜多姿的美人，款款信步，优雅的姿态让同为女子的我也神魂颠倒，为之痴迷。想来霸王项羽也便是如此吧，不然怎能到大势已去、生命将尽的时候也没法割舍他对虞姬的情爱。那一行行的诀别诗，一字一句，读来发人深省。自然地又想到爱情的炼狱"问世间情为何物，直教生死相许"。爱，请深爱，不爱，便别伤害。

一袭秋雨凉了黛玉忧郁的心，感伤着世间万物。仿佛我自己就是黛玉，看天空，灰蒙蒙的，眼泪流了又流，止不住的不是泪水而是破碎的心。一把辛酸泪啊！到人生后期的落魄的女子，想来应该能够与黛玉相怜相惜。海棠依旧，绿肥红瘦，让易安一下子凉透了整个心。"感时花溅泪，恨别鸟惊心"如水易安也不得不变得更加心性忧伤了。站在凤凰台看着远方的回忆，不觉悲从中来"凝眸处，从今又添，一段新愁"。遇人不淑，生不逢时，该怪谁，怨谁？然而谁又怪不得，也怨不得。文抒其情，字字锥心，愈读愈爱，再也难弃。

岁月也是有人间风情的，它让我有一颗对世间万物敏感的心，所以我会多情善感。它赐我一纸书香，让我在书的花海里尽情地感受美的存在，让我在书的一寸天堂里，感怀着诗词曲赋的优雅。水墨丹青，如莲清洁，邂逅于书，是一生的情劫，怎能轻易言弃？

越读书越发现，读书，不是只读文字表面的只言片语。书，是用来品的。用心用情感受作者笔下文字的情感变化，这书读着才更加有滋有味。慢慢地体会到人生的三大境界若用在读书上，也是恰到好处的。"昨夜西风凋碧树，独上高楼，望尽天涯路"。此第一境界就让爱文字的人突然间感觉到好像所有的好书都在身边围绕，顿时想和书成为挚友的欲望喷薄而出。这种幻觉，虽然是心里的自我满足感在作祟，但读书有时候确实是对心灵的抚慰，受伤的时候不至于无人问津，最起码书是灵魂的最忠实的伴侣。"衣带渐宽终不悔，为伊消得人憔悴。"这个境界我觉得自己好像正在经历，有时候我为了一本书可以彻夜不眠，甚至为了一本好书我可以用我的所有来交换。我向来是爱书惜书的，对于自己看过的书籍，不容许有折印，不容许弄脏弄破。若我心爱的书放在我不放心的人的手上，我便心急如焚，不思茶饭，日夜想着把它拿回来。"众里寻他千百度，蓦然回首，那人却在灯火阑珊处"的境界是很难达到的，不说是登峰造极，那也得称得上文学造诣的最高级状态了吧。

读一点，再读一点。多读一点，感悟就加深一些。思想的高度与深度很多都是读书得来的。边读书边思考，两者齐头并进，遇到问题便能分析得鞭辟入里，不至于瞠目结舌引来笑柄。读的书多了，知识面不由就扩大了，视野也就开阔起来，懂的也就自然而然地比不读书的时候多。俗话说知书才能达礼，这是有道理的。读书习惯一旦养成，渐渐地便会觉得，一日不读书坐立不安，两日不读书事事紧迫难赶，三日不读书思维锈了一大半。

世间万物，令我感谢的有很多很多，想要在这里感谢的是岁月寄予我的施舍，赐我一纸书香的暖意。一本好书，一杯香茗，感受着微微的清风吹走身边的琐碎。这个时间是独属于我的时间，放下一切，让心归于平静。

黑暗的精灵

把自己藏在黑暗里,任凭外面锣鼓喧天,亦泰然自若地坐在电脑前敲打文字,进而梳理成文章。

写作,是天大的事情。在写作者眼里,还有什么能够比写作更重要的事情呢,犹记得三毛在旅行回来之后,躲在半旧不破的公寓里写作,甚至不吃饭,几天几夜不曾合眼,一直写,不停地写。母亲来送饭,隔着防盗门,看着女儿奋笔疾书的痴狂劲儿,不禁心疼地潸然泪下。

如此这般,一本一本的书籍才得以顺利出版。她的文字展现在读者的眼前,似一簇一簇繁盛的碧桃一般,紧密而又热烈地开放着,似乎把一生的辉煌悉数开尽。

写呀,写到地老天荒,写到海枯石烂,就像戏剧大师裴艳玲,五岁选择唱戏,发毒誓,不死,就要唱戏。对于戏剧的承诺用在写作何不是如此呢?没人让你发誓,自己对自己发誓。既然发了誓,那就得有因果报应,生命不终结,一直写。

与文字打交道,和其他的还不一样,戏剧可以随时随地的唱、演,说来就来,写作可不行,没有灵感了,没有素材了,脑袋一片空白,任你是多著名的作家,也得败下阵来,不服不行。

到底什么时候有灵感?这是顶重要的事情,甚至有时候比命还重要。灵感来了,一蹴而就,灵感不来,急得跳墙也不管用。心要静,要平稳,那就晚上吧,晚上是写作的黄金时段。

晚上写出来的文字满满的都是情,都是命啊,都是与思想碰撞出来的火花,跃然纸上的文字才能更让人动容,让读者喜欢。这个作家,成了,得道成仙了,幻化成了黑暗的精灵,一跳一闪的,也让黑夜不那么光秃秃的黑。黑色易让人产生幻觉,何况在伸手不见五指的薄暮里呢?又长又软,瘆人得很,因此,得有天敌来治它,不能让它那么嚣张。世间万物都有各自对应的天敌,作者便成了黑夜的天敌,不是强制性的压迫它,反而把它变得有情有调起来。看李白的"举杯邀明月,对影成三人",可不是真切的把夜晚描绘成了一幅诗情画意的美景?还有杜牧的"天阶夜色凉如水,卧看牵牛织女星",夜色是凉的,水一般清灵,但是抬头看天上的织女星,霎时间一股暖流涌上心头,这是爱意恋恋。这样的笔锋一转,妥妥地为黑夜披上了一件唯美的袈裟。

神奇的变幻,在于魔术似的文字,属于黑夜里的文字,面一般劲道可口。难怪作者爱,连读者都爱呢,爱到骨髓里。

作者赋予黑夜以白昼,黑夜还以作者以空灵的享受。两者相得益彰,交相辉映。

路遥曾有一本书《早晨从中午开始》,里面介绍他在写《平凡的世界》期间,他几乎没有看到过早晨的太阳,每天晚上沉浸在书写当中,伏在案上,全身心的创作。因为是晚上,他才能心无杂念的投入创作,没有人打扰,日常的琐碎停止,唯一运转的便是手指和大脑。就是这样简单、纯粹的写,他刻画的人物深入人心,最后获得了茅盾文学奖。

遵循内心的那份信仰,不成功便成仁的毒誓,如此才能真正地写,与黑暗融为一体,把自己抛进黑暗里,然后舞出优美的姿态。

节　奏

活在这个世界上，一定要有自己的节奏，比如生活的节奏，工作的节奏，恋爱的节奏。

节奏，是融入生活本身的习惯，很难被改变。一旦改变，就像如临大敌，立刻慌不择乱。简单说，就是规律，每个人一定要有个规律。

很喜欢节奏这个词，像是一种韵律，没了这个韵律一切都失去了原来的味道，天也不是天，地也不是地了，看什么都不顺眼了，浑浑噩噩，失恋了般，生无可恋了。

作家有作家的节奏，每一两年出一本书，不管畅不畅销，那是对自己的交代，也是对读者的交代。作为作家，有固定的读者，写出来的作品，其实也正在不知不觉中，影响着一代又一代人。文字就是良药，医治着将要或正在患病的人。

有人问我特长是什么，当然毫不犹豫地回答是写作。写作是个漫长而孤单的旅程，没有人可以分享其中的喜怒哀乐，悲欢离合，所有的情绪都是自己的，都要自己一一承受。如果哪天彻底崩溃了，那么，一切不是前功尽弃，而是和文字彻底脱离了关系，再也不会看到一句话，一个词，甚至一个字感动得泪流满面了，再也不会听着歌无语凝噎。

喜欢在夜幕十分至凌晨钟声敲响的这一段时间写作，这段时间给我的感觉是美妙的，只可意会不可言传。心情空前的宁静，像是突然沉寂的铁塔，里面不论囚禁着多少的灵魂，在这段时间里，一切都是安静的，像是在祈祷，以求获得重生。每天这段时间写作，总是可以激发出很多的感想和写字的欲望，这种感觉是强烈的，不可抵挡的。

自然而然地形成的规律，这是写作的节奏，只有这个节奏才让我找到了寄予文字的意义。

非常了解我的女友说，你的这种节奏有些封闭。而她的节奏便是恋爱，也只有恋爱，才让她每天焕发活力，每天都能发现不一样的自己。

化妆品、衣服、包包，这些奢侈品是她俘获爱情的必杀技。每天不同的妆容，总让我有种恍惚之感。每天都要重新认识一个她，为爱情百变的她，为爱情妥协的她。她和爱人约好，每天都要见面，约会，惊喜，晚上互道晚安，缺一不可，哪一天只要另一方做得不好，这感情也将要走到尽头了。女友对爱情虽然幻想，渴望，但也是很有原则，一旦对方越过雷池半步，她便转身，永远不回头。

有次，她哭着说，这是我的节奏——恋爱的节奏。虽然对于有些人来说匪夷所思，会认为她绝情、狠心，但是她很清楚，对于女生而言，必须要有一个节奏，来抵抗生活突发的意外。因为你不知道，在你身边的男人，下一秒会不会背叛你。

她用这种方式金甲护身，以便可以全身而退。节奏，总是需要外界的某些和声，来彰显自身的价值。

对于朝九晚五的工作族来说，准时准点便是每日的生活节奏，为了家人能够过上衣食无忧的生活，他们不得不接受且习惯这种节奏。这是活命的本钱，赖以生存的方式。

拼命，奋斗，努力，渴望，追求，是他们继续前进的目标，生活给了一个独立思想的生命个体，那么生活的方式，便是自我的选择，一旦抉择，便只能义无反顾，没有同情、怜悯，只能硬着头皮往前冲，像个身穿铠甲，浴血奋战的战士，拿着长矛，闭上眼睛，向敌人刺去，鲜血喷薄而出，溅满身体，还要抹一把脸，笑出声来。

　　年复一年，日复一日，不过还好生活中的一种习惯，总不至于太过空虚。

　　很多人总希望充实，一天之中不停地工作，不停地找事情做，过段时间觉得乏味，便停下来了，这挺像家里人说的，三分钟热度，三天打鱼，两天晒网。

　　节奏，往往是推动事物发展的最好动力。音乐的节奏、跳舞的节奏、讲话的节奏，其中的深意，禅意，不自觉迸发出来的暖意，丝丝渗入人心，逐渐改变着人的格局。

　　没有不劳而获的成功，所有的事情，哪怕小到每天的洗脸刷牙都要亲力亲为。坚持是节奏最好的朋友，只有坚持了，才会慢慢形成自己的节奏，形成自己的做事风格，获得生活中的一片天地，于心，自然是充实，圆满。

解脱亦是后生

犹爱庆山的文字，颓靡中都是单纯、一意孤行。向死而生的爱情才能给人以精神上的兴奋，罂粟一般，不停地给予，刺激，欢畅。把花开到奢靡，愿来生不复相遇。

读了她笔下南生的故事，心撕裂般的疼痛，有种窒息之感。结局的痛楚更提醒着这个世界的残酷，自我的解救只能是置之死地而后生。这样的陷入更纯粹，干净得像是一张白纸，涂涂抹抹之后，该孤寂的依旧孤寂，该热烈的似乎从来没有安静过。

颠沛的车上，窗外天气阴沉得像是吞噬前的潮湿，挣扎过后的徒劳感让我无力地靠在座椅上。一路上，未挪动丝毫，隔几分钟翻动的书页让我有间隙思考庆山的文字。

写作是一件唯己的事情。由灵魂出发，然后经由内心酝酿，最后落于笔端，一整个流程下来，或许只需要几秒的时间，甚至更短。庆山的写作总是一气呵成，一刹那的人物塑造是命运的旨意，如果修改便会形成违抗，最后的结局必然会受到影响。

从写作开始以来，我一直如她般一气呵成。整个灵魂都融入文字里，与文字形成一体，随着文字中人物的命运前进，最后找到自己的归宿。如此是与心意相通的，也与灵感有关，突然闪现的火花，与文字严丝合缝，浑然天成。对于文字的敏感，则需要在大量阅读的基础上持续地训练。

书写的过程也是探索的过程。对一件事物的理解，会在心里发酵，不停地配对与之相关的词语，力求达到尽善尽美，流畅而自然地表达。有时候会在某个词语上形成执拗，在自我的怀疑和疑虑中得出一番总结。

比如遇见。每个人每天都在不停地遇见，熟悉的人之间的遇见，客户之间的遇见。特别是陌生人之间的遇见，会打量，会猜疑，尤其是对于作家而言，遇见是写作素材的积累，也是灵魂碰撞的媒介。

安静的咖啡馆，舒缓的音乐在周围响起，暖色的布置让来客放松，形成精神上的依赖，停留的时间会延长，达到消费增额的目的。这是商人的手段。对面来了一位身材高挑，披着波浪卷发的女子，蔻丹的指甲落于耳畔，整个人显得知性、温婉。这时候正好一抹残阳洒到她的左半边脸，侧脸的线条顺滑而温柔。像是在等待一个人，又像是刚发生过一件事情，来到这里做某方面的排解。

作家不会不对这样有故事的女人感兴趣，由她故作镇定但是表情掩盖不了内心波动的表象，作家会继续对它做出延伸。由这个点继续地想象，生发故事。争执。结局。与爱情相关。然后在这个女子完全不知情的情况下，她已经成为笔者的文字模特。但是，谁又不曾停留在谁的世界里呢？

这样的遇见为写作提供了舒适的巢穴，也是写作中常常会思索和下笔的源头。因为遇见不仅是思想的碰撞，也是灵感的激发。遇见是不可预知的，突然性的，而往往这种突然，让人勾起好奇，而好奇最使人做出惊奇的事情来。

比如告别。曹文轩曾说过这样一句话，"所有的写作不外乎四个字——生离死别。"我们每时每刻不在经历着，今天是和昨天的告别，得是和舍的告别，毕业是和开学的告别，微笑是和眼泪的告别，死亡是和降临的告别。这些告别丰富着写作，让文章生动感人，令人难忘。朱自清的《背影》写的是和父亲的告别，文章中的告别是作为情感的抒发，虽然带着不舍和无奈，但是有告别才会有重逢，有离的悲痛才会体会到重逢的喜悦。

这样的循环是感情的重复利用。

在写作的过程中，告别通常会被放在高潮的部分，让整篇文章看起来抑扬顿挫，跌宕起伏。真性情，不然不能著华章，也不能感动他人。

龙应台的《目送》更为显著，深邃，忧伤，美丽，一本写尽亲情、友情的书籍，如烛光冷照山壁的生死笔记。她的文字无时无刻不在告别。

在写作者的世界里，每一个词，甚至是一个字都会让作者生发出感想，而在创作的过程中必将把内心的狂热和爱恨情仇都交付在里面。不然，不会有触动，不会有感同身受。

庆山的文字给我以写作的启迪，她随性的文字中是满满的疑虑和探索。她在《彼岸花》里写道"写作是自我的怀疑"，在这个基础上不停地深究，不停地挖掘，最后形成自己的一番理论。这像是一场修行，在这个修行的过程中，我们对于文字的拿捏程度也在不知不觉地改变着。

庆山在其他小说里提到南生，给出好几个结局，一个比一个更能直抵人心。但是我还是觉得本身的结局较为妥帖。南生最终独立的生活，与和平永生不会相见，交集结束，各自安生。

在写作的道路上，无休止的自我推翻和连接的时候，作者需要解脱。每一个完整的文章完成之后都需要对心灵进行一次解脱的洗礼，每一次创作之后，作者其实对自己都无能为力。

解脱是后来更强劲地生长——写作的生长，思考的生长。在间断的补给中让写作越来越呈现出真实。

款款深情，心有所梦

一生寻觅，追求着对人、对事甚至对物的一往情深的翅膀。草青青，路旁不是铺满花团锦簇，更多的却是荆棘，回首处，深深浅浅的脚印都化为了一曲歌，一首诗，一幅画。

如果我是天空的一片云，波心何处？如果我是海市蜃楼，美景谁来欣赏？如果我是百转千回的寻梦人，曾几番回转，几度拼搏？梦好像是一个古灵精怪，把我当成命运的玩偶，让我总也找不到梦的方向……

或许一切自有天数，人生苦短，悠悠数十载，怎可在迷惘徘徊与失意中度过？不愿从此安身立命于天涯一角，努力一把才是人生宣言。因为寻梦人从不把眼前视为一生所有。心中有梦，才最有资格携泰山、超北海，才最有资格"会当凌绝顶，一览众山小"。

款款深情，心有所梦。榆树下的一隅，是清泉也好，是天上虹也罢。只要心中有梦，天空上的一方红锦不是也可以瞬息变成腾飞的蛟龙吗？

款款深情，心有所梦。"山重水复疑无路，柳暗花明又一村"惧怕是不食人间的烟火，即使再美丽，它也只是会让人更加惊喜却步。前方是梦的路口，一步一个脚印才能绘制出不朽的蓝图；前方是大山，天际的回音是能振奋人心的优美旋律；前方是花园，破茧重生的蝴蝶在金色花园蹁跹起舞……

款款深情，心有所梦。静默地走进了黑暗，潮湿是给不了温暖的棉被，整个身体被紧紧包围着。一点微光似天上的一颗星，明确了茫茫天空中的一席位子。寻梦，撑一只长篙，哪里都是舞台，何处不是诗。

梦，是高山流水的弦音袅袅，如此，凯勒得以实现人生辉煌的峰点；梦，是珠落玉盘的琵琶，如此，王羲之的书法才能字势雄逸，如龙跳天门；梦，是四库全书的宝典，如此，唐伯虎才能才气横溢，诗文擅名。

美丽的梦幻是不切实际的遐想。心有所梦，看到的如花美眷流年定格在记忆深处，时光铺就的隧道，为美好驻足了多少回眸。

昨日不再，唯梦永存。深情款款地走向一望无际的草原，万马齐喑让心也变得辽阔。心有所梦，更加坚定了方向。梦的堡垒追求着未知的远方，追寻着不是心血来潮的片刻兴起，而是一生永久的信仰和梦想，真如这句千年来一直激奋人心的诗句"长风破浪会有时，直挂云帆济沧海"的器宇轩昂。

心有所梦，款款深情。为梦，撑起一片属于自己的天空。何为惧？何所惧！

每个人都应有自己的生存方式

其实有时候，读书是自我修禅的过程，需要摈除杂念，让内心持久以来的浮躁沉淀下来，心如止水。

可是又有时候，我们的心浮躁得像是烧开的水，咕噜的时候还总嫌不够热烈。这就像是一座欲望的沟壑，是永远也填不满的，甚至是越填越深。

人，都有一种惰性，偶尔产生幻想，其实也未必不是好事，人生漫长岁月，总需要一些东西来打发时间。可是，过度夸大自己的幻想就变成了欲望，加上惰性的延展，很容易变得颓靡。

不劳而获似乎成了很多人认为理所当然的事情，反而，兢兢业业变成了呆板笨拙的行为。

这几年，在大街上，特别是天桥上，总是会有几个年老，或者是残疾的人伏在地上，前面放着一个沾满污垢的残角碗，过路的人大发善心从兜里掏出一枚硬币丢进里面，然后离开赶赴自己的目的地。

无可厚非，穷苦，残疾，无亲无故沦落街头确实能够让人们生起怜悯之心。

也许是简单，每个人生来就会的"乞讨"行为让一些懒惰的人陆陆续续地效仿起来，年轻的，中年的，甚至还有十几岁的人跪在天桥上。和真正老年人"乞讨"的方式不同的是，他们身前摆了一张密密麻麻写着"悲情"简介的文字，但是行色匆忙的人根本无暇顾及这些深情的文字。

文字中所惯用的方法便是家里的亲人生病，需要巨额的医药费，还有家人不幸去世，没钱安置亡灵，希望好心人能够大发慈悲捐赠善款。还有一个最有意思的是，在一条商业街上，一个中年男子，个子不高，皮肤偏黑，穿着几十年代的军装，站在一边为来往的人敬礼。前面铺着一张白底黑字的简易海报，上面写着，他是参加过抗美援朝的老兵，因为没钱找不到回家的路，希望大家捐钱能够帮助他回家，最前面还摆放着相关的证书，以证明他所说非假。

其实，有一点他便暴露了自己，参加过抗美援朝的老兵，现在最起码有九十左右的年纪了。凭他四十多岁的外貌，难道他要说他长得年轻，不显老？

在上帝决定了我们人体的构造之后，必然有它存在的价值。四肢，是为了生存，器官是为了生命而运行，彼此各司其职，互不侵扰。而有些人，似乎有些混淆他们各自的用途，总以为四肢是为了方便日常的坐立行走，头脑是仅能思考今日的饭量应该向谁伸手。

前几日在外边，我便见到这样的一幕，前面所讲几种情况如果还能够值得同情的地方，那这件事情是真的让世人无奈了。

一眼就可以看出是个常年以乞讨生活的高个子男人，年龄约莫五十，提着一个装材料的麻袋，在广场上到处晃悠。如果你以为他是捡破烂的，可是他见到空瓶子也不捡，见到坐在长椅上吃东西的人，他便会上前乞讨，试求能够得到怜悯，获得一些食物。对这个贸然而来的"怪物"大家要么身体转向别处，要么拿起东西离开，就在尝试了好几次无果，或者是在我没注意到已经失败过无数次之后，他把目标锁定在他正前方的一对情侣身上，走向前，询问无果。就在被男生拒绝的那一刻，他突然向前一步，试图夺过男生手里数十串的烧烤，男生一个激灵趔向一边，躲了过去。

这个举动已经令男生有些不快，但是仍旧对其不予理睬。本来事情到此结束，没想到他竟然神情委屈地径直跪在男生面前，这个举动确实让男生彻底火了，但是又不能如何，他们只能试图躲避。

男生带着女朋友离开了，他意识到彻底没有希望了之后就背着他的麻袋离开了。他似乎有些不满，也好像对刚才自己的表现有些遗憾，这么动情的表演，却还是得不到一些吃的。

他走后，我才知道他原来是个哑巴。

他向男生跪下无果时，站起来向男生解释，用手指着自己的嘴巴，咽了几口唾液。

也许因为刚才的表现，令男生大为不快。他本想获得怜悯，却生生用那样的方式推走了别人对他的怜悯。有种画虎不成反类犬的感觉。

每个人都有自己的生存方式，这个世界也一直在提倡"赠人玫瑰，手有余香"，可是我们应该清楚，世界是公平的，我们在得到尊重的同时不能一味地摄取同情，任何事情都是有权限的，一旦超额，那就不要怪这个世界总是铁青着脸了。

看到这些我只是很难过，难过这个世界还有这么多人受苦受难，处在水深火热之中，难过的是国家的飞速发展还是没能让他们有所改善。难过的是，在高科技、新时代的现在，人的惰性一旦养成经过发酵，那是多么可怕的事情啊。

浪费光阴的时光

在上学时期，阅读课外书籍常被家长和老师批为不务正业，如果要是上课偷偷看，被发现之后，更是会被认为是浪费大好的学习时光。学习课本知识是作为学生当且仅当最重要的事情。

如果一直学习，未免乏累，于是很多学生会选择阅读课外书籍来缓解学习压力。记得当时颇受学生欢迎的杂志有《爱格》《花火》和《紫色》等，女生尤爱看，它是关于青春懵懂的情愫的文字，对那时候的女生来说，算是开启情感的大门了。一个月一期的杂志是当时最大的盼头，只要有一个学生买了之后，这本杂志基本上能够传遍整个年级。

我当时除了爱看这些杂志之外，最爱的还是《疯狂阅读》的一个系列《最美文》，上面都是著名作家的文章。这本杂志我每期必买，由此，知道了许多优秀的作家，如匪我思存、安意如、周国平、林清玄、叶倾城等，也开启了我走进文学殿堂的大门。

我同桌是个小说迷，涉猎题材广泛，经常上课抱着手机偷偷看小说，从没有被老师发现过。特别是冬季的时候，她本人较瘦小，穿件羽绒服，坐在座位上微缩着身体，像是一只乖巧的小猫。一节课，一上午，一天，她都保持安静的状态，从远处看，肯定会被认为是品学兼优的"好学生"，当你走近她，与她交流，才会恍然，原来在用手机阅读小说。

与她相处，我开始了解网络文学。开始懂得网络文学的语言自由，情节开放，内容冗长。

相反，我却每天利用下课的十分钟和晚上熄灯前的时光阅读几页书籍。

我们用这样大人眼中的"坏"方式浪费青春，浪费光阴，乐此不疲。

但我父亲除外，他没有读过几页书，却对我读书这件事额外支持。小的时候，我羡慕别人家的孩子有自己的书架，上面摆满了各种各样的儿童读物。于是，我便吵闹父亲，要他也给我做一个书架，父亲自然不会拒绝。过了半个月，父亲变魔术似的给我变了一个书架。书架是用家里要丢弃的茶几做底，上面蓬着两层粗糙的木板，用几颗钉子固定，这是我人生中的第一个书架。我欢喜极了。

书架有了，还要有书才算完整。

父亲有一次外出，我特意嘱咐他帮我买书。当天晚上，父亲递给我两本书，一本《唐诗三百首》，另一本《阿凡提的故事》。

没有《十万个为什么》，没有《格林童话》《安徒生童话》，一本《阿凡提的故事》陪伴我整个童年时光。

从此以后，书籍在我心里成了神圣不可侵犯的珍宝。

说来学生对网络文学和青春小说感兴趣居多，但有一个学生，她也爱看小说，但她的小说有些"异类"。她和我同住一间宿舍，眉清目秀，笑起来露着两颗尖尖的小虎牙，特别可爱。每次晚自习结束，经常会看到她胸前抱着一本书进宿舍，全宿舍的人都以为她要继续学习，问她在学什么科目，她答，看小说。这下可激起了我们的好奇心，纷纷投来好奇的目光，她把书放下，是一本名著《茶花女》。

我们不约而同地向她竖起了大拇指,她的脸一红,好像熟透了的红石榴。面对我们的夸赞,她不好意思地说,"我才不是什么三好学生呢,我就是看小说消遣时光。"

她看的小说有《简·爱》《茶花女》《巴黎圣母院》等,她告诉我们,她读世界名著就和我们读言情小说一个感觉——轻松愉快。

一晃,我们毕业了,那些浪费光阴的时光也一去不复返了。我还一直沿袭着这个旧习——阅读。有时候乘公交,时间久的时候,我会掏出包里随身携带的书阅读。捧着书本读,浪费这光阴。

有次,我刚坐上公交车,像往常一样正准备从包里拿出书阅读,突然看到前面的一位穿着蓝格子衬衫的男孩正在看书,从窗外挤进来的风吹拂着他眼帘的碎发,他正津津有味地阅读着。

我掏出一半的手把书又送回了包里,想保留他在这辆车里的独特性。

我很好奇他看的是什么书。在他合上书本的时候,我看到是石黑一雄的《我辈孤雏》。

每一天都是上帝的恩赐

往昔已去,该缅怀的放在心里默默怀念,未来的每一天,努力活成自己想要的模样,因为每一天都是生命的倒数,每一天都是上帝的恩赐,让我们完整无缺地活在这个世上。

昨天外甥过生日,看他跌跌撞撞地走路,我感慨颇深。他饿了就哭,开心就笑的童真,还有他刚出生时仅仅是一个几斤重的小肉团,到现在跟着大人能够咿呀学语,看到喜欢的东西还会用手指着让大人帮忙拿,心里漠然生出无限的感慨:生命是个神奇的过程,喜怒哀乐,悲欢离合,人类都可以真切地感受到,并且可以用各种方式表达出来。而动物呢,对外物的反应只有亲近或者是远离,非黑即白的直接。

不论是动物还是人类,在生命的过程中,最单纯的还是唯心的意愿。心能够主宰着行为,让每一个因果都存在着可以窥视的空间。

人活一世,命数虽已定,可是你不知道今天活得好好的自己明天会遇到怎样的事情,或许依旧安稳,也或许是意想不到的意外,把原本平淡的生活增添点动荡。

日子在一天一天的流逝,看似与昨天无异,一切井然有序地进行,安安稳稳,平平淡淡,但是天长日久之后却是有着巨大的变化。对于生命来说,一天之后,一个月之后,一年之后,生命从小变大,从低长高,从开始认识几个字到后来可以独自博览群书,每一天的叠加有着无穷的力量,而生命的表现却更让人匪夷所思。

比如陪伴在身边的亲人,哪天突然离开人世,然后只剩下自己存活于世,漠然生出无限的凄凉和感伤。

现在猝死的事例很多。平时坐公交车的时候,我会看公交电视,上面有很多的新闻,其中有一例是关于一个女士猝死的报道。乘坐地铁下班回家的一名年轻女士,在地铁站出口的时候,突然倒在了台阶上,当时地铁上人很少,她没有被及时发现,最后香消玉殒在美好的花季年龄。生命在进化的过程中表现得越来越脆弱,不仅让我有时候产生恐慌,怕某天好好在走路的时候突然间告别了这个世界,怕正享受着幸福时刻的时候突然没有了知觉,怕很多重要的事情还没有来得及去做的时候,时间吝啬地离我远去……

不过,这却让我更加的珍惜生命,来自上帝恩赐的每一天,都是无比珍贵的,因此,我每一天都竭尽全力地去做想做的事情,尽量不要浪费。不埋怨、不消极、不悔恨,让每一分每一秒都用在当且仅当的关口。

现在这个社会依旧有很多人对未来茫然不知,甚至都不敢有详尽的规划,都怕计划赶不上变化,都怕事与愿违,白欢喜一场,那为何不努力地活好今天,明天的事随他去呢?最重要的不就是今天吗,今天是否充实,是否和爱人相处得融洽,是否做了想做的事,得到了想要的东西。

每一天都是上帝的恩赐,既然不能和命运抗衡,那就做个安稳的老实人,把每一天都当作上帝送的礼物,充满感激,珍惜着每一分每一秒。

平滑的印痕

每次外出，街上车流涌动，笛声此起彼伏，堵车让疾驰的行人不得不暂缓步伐。堵车很正常，特别是上下班的高峰时期，更是堵得水泄不通。

这个时候，我常常会看到从远处疾驰而来的车辆不得不减缓速度，最后停下，有时候是急刹车，像是突然发出的一声惨叫，然后车身蚯蚓似的，微微晃了一下身子，在公路上留下了两条鸽灰色的简笔画。这两条丝带在空中飘舞着，引来了越来越多的丝带。

这让我想起在高中的时候，有一位语文老师特别有气质，是那种巾帼气质，是"腹有诗书气自华"的一腔傲情。她常常对学生说，要多读书，做书虫，还告诉学生，想要长得俊俏美丽，离不开书本的浸泡。声音爽朗明媚，真像带着音符的丝带，萦绕在学生的耳旁。

公路丝带与声音丝带不知不觉地缠绕在一起，在我眼前不停地飘荡。看着街边盛开的桃花，我突然顿悟：这多么像是阅读和写作啊，写过的每一个字多像汽车行驶过后留下的车辙印，也像老师美妙的余音。

没有电脑之前，文章都是用笔写在稿纸上，写错了字在上面轻轻地画上一条斜杠，继续写，直到最后完成。那时候一篇文章要用上起码三页纸，时间久了，发觉特别浪费，那就双面写字，有时候用旧的作业本写东西。

写完特别想让朋友们看到，一个、两个朋友点赞，心情像是盛开的花朵，别提多开心。

当时是没有投稿的概念的，单纯的喜欢写。那时候上课学校要求很严格，手机只能回到家里才能用，而手机上也只有QQ。喜欢写作的人在哪里都是能写的，于是，QQ的说说上被我写了一条又一条糕点似的小文字，有人回复表示喜欢我的文字，这便是对我最大的鼓励，于是，我更加勤奋去写，比采蜜的小蜜蜂还要勤奋。

一条，两条，三条……一段时间下来写了好几百条，也收获许多朋友的肯定和夸赞。

如今有了电脑，写东西确实是方便了许多，也快速了很多。细细想来，从当初到现在的写作，一路走来留下的印痕真和街上的车辙印，和老师的谆谆教诲有异曲同工之妙呢。这样的印痕充满了我们的生活，也为生活留下了宝贵的回忆。

轻柔地抚摸这些印痕，不觉平平滑滑，绸缎一般，甚是珍贵。这些岁月过后，弥感鲜嫩的印痕告诉着我们来时的足迹，我们都去过哪些地方，做过什么事情，遇到过什么人，见到过怎样的景，一一地如雕刻般清晰地印在时光轴上。写出来的文字经过光阴的沉淀，越发的醇香，浓厚的情感，饱满、深情。

因此，写作多么像是在与时光比漫步，看谁走得悠然，看谁脚步轻盈，不急不缓，因为知道，未来美好的自己正在迎接现在踏实、努力，逐渐变得优秀的自己。

所以，看到街上行驶的车辆我都会觉得像是约见前方的自己，在柏油路上的印痕是这一路内心期盼的心情，即使有红绿灯，也不急不躁，安安稳稳地前行，因为知道，你就在前方等待着我。这样既焦急又稳妥的心态正适用于写作，真该这个样子，急功近利只会让自己陷入茫然的境地。

心是浮躁的，眼睛里带着暗火，写的字也像是水里淘沙，越淘越少。

走的路越远，写的字越多，印痕便会越来越长，内心也会越来越丰盈，越来越富足，相反地，印痕越来越长，嘴角流露出来的微笑会愈加自然，有底气。

求　书

前几日有人对我说，想要求本书，我知道他想要收藏我的新书《天很蓝 你很好》。

看到他发来"求书"这两个字的时候，我有些惊讶，内心一下子特别欣喜。"求书"这两字小心翼翼中带着期盼，眼中闪着些许的期待，有种期望值存在心里，这是对文字的尊重，也是对写作者莫大的宽慰。这是读者和作者之间微妙的情分，以文字为桥梁，彼此之间的感受皆来自于文字，由此，文字被赋予了生命，不同的人有了不一样的解读，文字在解读中生发出鲜活的生命。

我还是第一次听到求书，既新颖又觉感动，猜想对方一定是爱书惜书之人，于是，认认真真地写下赠言，写完之后心中甚是欣慰。"求"这个字本身就带有一种感情色彩，是对所要寻觅的东西的尊重和敬畏。生活中，有学生求学，男男女女求姻缘，家庭求子，到达一定年龄男士向女士求婚，确实，还未曾听过求书。

想要看书，便去买书，何苦用"求"字，逛淘宝旗舰店，地摊，书店看到喜欢的掏钱买来了便是。

我身边有一个爱看书的朋友,爱书但不惜书。她看书众多,但是也未曾听到她讲过看书之后的所思所感。她认为博览即可,看过之后要么弄丢,要么在上面涂涂画画,画些小人小花小草。她买书也很阔绰,不管在哪儿,地摊上看到,书店里寻到,网上搜到,只要是看中的便毫不犹豫地买来。但是,书经过她的手之后的面目全非还是让我着实心疼的,于是向她提出,以后看过的书都丢到我这里来,这才算是为她减轻了一些"罪孽"。

可是,意义是否一样呢?在书面前,不同的心态,虽一样的文字,但感悟的也自然是大相径庭。

这是书的魔力。

爱书惜书的人总想找一个准确的词语来表达内心疯狂的热爱,长篇大论地说啊,谈啊,感慨啊,用一字概括,那便是"求"字。既然"求"必然是怀着诚恳的心情。寻寻觅觅,大千世界,想要寻得一个从心底里喜欢,爱慕的书,像寻得一份真挚的爱情。

昨日去逛书店,满屋的书香味令我沉醉,一排排码好的书,整整齐齐地排放在那里,等着有缘人来寻它、翻阅它、求它。我知道,我对书完全没有抵抗力,每次去书店出来的时候手上总会抱着几本精心挑选的书。

偶然间看到一本书背后的推荐语,大意是这样的:书房有两种意义,把它当作书店,你就欠它一笔债,读的债。买来的书,放在书架上,用心灵阅读,流淌于笔尖上的诠释之后,才算是真正的还债;把它当作书房,你的身心是愉悦的,可以放空自己,因为书房允许你的天马行空,放任你的自我随意。

只看一眼就已经入心了,然而我却忘记了书名,颇有些遗憾。

如此说来,逛书店我就是去求书的。最后,求得了两本爱慕已久的书，蒋方舟的《我承认，我不曾历经沧桑》和胡兰成的《山河岁月》。我已经欠下了两本书的债。

　　书本是一种充满灵性的物种，你所感悟的，必将是它所赐予你的。世间的将心比心也莫过于此，当你静下心来，好好地读上一本作家的书的时候，其中的文字已经与你有着前生今世的缘分。

　　我想，这便是求书的最终结局。

手　写

　　打开电脑修改文章,还没看完一篇文章,系统提醒我电脑没电,需要立即充电。本也不打算用很久的电脑,大概需要三十到六十分钟,另外,看到时间也不早了,也要赶紧睡觉。那么问题来了,用电脑,要充电,但电脑充满电需要近两个小时,不用吧,要修改文章,而且此刻也不能很快地进入梦乡,罔顾了好时光。思来想去,干脆捡起沙发上的旧书翻阅,可脑袋里的细胞不听话,总想跳出来玩耍。

　　正当我呆坐在书桌前,看着装着黑色笔、红色笔的笔筒时,突然让我想起了手写文章的时候。仿佛就在昨日,炎热的午后,全班同学都在午休,而我从抽屉里拿出一本稿纸,开始在上面创作,班级的窗户正好面对学校的小花园,花园有一条通往食堂的小径,每天中午,许多学生行色匆匆地走在这条小径上,两旁开满了红色的月季,白色的喇叭花,黄色的郁金香,扑鼻的芳香时不时还会引来多彩的蝴蝶。每次抬头,都会让这些缤纷迷了眼,整个人僵持在那里,眼睛一动不动,木棍似的。待朋友把我摇醒,已经是上课时间了,低头赶紧把残缺的文章收起来。

那是我手写文章的时候，没有电脑、手机，远离一切电子产品，有的是这些大自然赠予的光与美，欢笑与忧愁。一切纯然地像是春雨后生长出来的竹笋，干净，透彻。时光是慢的，虽然为了高考整天匆匆忙忙，恨不得一天当三天用，但那时的时光是真慢啊，特别是写作的时候，对着稿纸，握着笔的手不停地写写画画。写不下去的时候，用手托着腮帮子发呆，仿佛过了很久很久，最后回过神来，文章完成，看看邻桌在做的一张数学试卷才做了一大半。

外表的繁忙更能衬托我内心的悠闲。

把心全部扑在了写东西上，什么高考，名次，分数线这些被我统统抛到九霄云外了。其他同学做的试卷在逐日地增厚，而在我面前渐渐增厚的是写好的文章。在闭塞的小乡村里，不知道文章写好可以投稿、发表，唯一能知道的，每日手写出来的文章像宝一样被我珍藏。

手写是心最自在的时候，被放飞了一般，在云层中自由地玩耍，然而手写是很难修改的，一旦写错只能把原来的划去，在一旁拥挤的小缝隙里写上正确的。那一个个被划去的文字像是多出来的音符，虽无用，虽多余，但它们见证了这一路写来的艰辛，一路的坚持，一路的梦想。

总的来说，这还不是手写最糟糕的事情。手写之前会酝酿，会对内心勾画的场景有个大概的搭建，但是想象和落笔成文中间横跨着十万八千里的河流，真正相互联系还要很久的距离。因此，在实在的手写过程中，一旦与理想背道而驰，或者是走向了偏差的路口，当自己意识到的时候，文章已经写一大半。这又不像中间写错了几个字，漏写了几个字，可以在缝隙里补充回来，要改只有全部涂抹，抑或是从头再来。最好的办法也只能是从头再来，不然全部涂抹，看这篇文章像是到了受灾现场，到处断壁残垣，到处腥风血雨。

手写文章期间也是最热爱语文课的，当时对于写作的全部意义就是语文课。语文课等于写作。一周几节语文课，期待得不得了。要上语文课之前，把稿纸备好，笔换上新笔芯，课本和资料整齐地放在桌子上，课间上厕所都不去了，正襟危坐、毕恭毕敬地等待语文老师的到来。

之所以这么热爱语文课，是因为写文章的时候需要用到语文上的字词、短句，还有语法，学好这些可以让我在写作的时候运用自如，可以更明白地表达思想。还有最重要的一点，语文课上有作文，作文是我一展身手的时候，加上自己的一点小小的虚荣心，被老师夸奖的时候正是我最得意的时候。

手写时光的陪伴是语文课，而语文课让我的手写文章的岁月更加的珍贵。

在用稿纸写文章的时候，当然也写过情书——手写情书，现在听来很唯美，带一丝丝浪漫的情怀，但在当时是多么普遍，没有任何电子产品，唯有的是一双清凌凌的眼睛和一支千变万化的笔。当时正是情窦初开的年纪，看过一些书，看过一些浪漫的爱情文字。于是，很自然地向往一份清纯的爱恋。青春的年纪，爱情像是一场洪水，来得猛烈，去得洒脱。爱写作的人，心中都住着一份绝美的爱恋，可以为它做傻事，做过分的事，做不可思议的事。不久，那个人走进了我的视野，然后再也没有离开过。心里开始犯嘀咕，该如何让对方知道自己的心意呢？此刻的我多像是席慕蓉的《一棵开花的树》，"如何让你遇见我？在我最美丽的时刻"。

最后冥思苦想，终于想到一个自认为的好方法——写情诗，其实也应该是"情书"，刻意在文具店挑选一本特别好看的本子，封面上的文字到现在我还记得清楚，上面写着"第七朵盛开的花"，充满文艺的情怀，让我一见欢喜。买回来用铅笔小心翼翼地在上面画线，力求写在上面的情诗达到完美，不仅文字美，页面也要美。诗要先写在稿纸上，一番修改涂抹之后，定稿的诗才仔细地誊抄在"情书"上。

那段时间疯了似的，白天写，晚上写。有时候寝室熄灯，突然有写诗的灵感，黑灯瞎火的，摸索着拿起笔，把灵感写在纸上，第二天修改，誊写。

手写时光只发生在大学之前，后来上了大学，有了电脑，电脑可以随时删除，随时修改，随时打开写作，不用担心丢失，不用担心文章的外观，而且可以和思绪齐头并进。有时候突然忘却的字词，在电脑的智能提醒下也能飞快地捕捉到。电脑的极大方便让我逐渐忘却了那些缓慢的手写时光。

当我握着笔写到这里的时候，时间过去了不止两个小时。

为生活铺一条诗意的地毯

邂逅一段雨季，给心灵一片清静的天空；静心一盏茶的时间，让世俗喧嚣的热闹蒸发成烟雾；耐心看上一场电影，让生活渲染些浓烈的色彩。

人生一段话，生活一杯酒，表面上的相同定会让人觉得索然无味，关键是看你怎么对待，看你怎么个活法。每个人的心里都有一个生活的天空，大得辽阔，大得可以信马由缰，可以装下整个世界，可以让万事万物都活得多姿多彩，随心所欲。

有时候觉得一个人静静地走在林荫小道中，吸吮着质朴的气息，心情自然而然舒缓下来，一切的世俗烦扰都不再是那么重要了。享受着一步一步带给自己的安静，祥和的盈盈之感环绕整个身心。有时候又觉得很空虚找不到生活的价值，然后就又痛苦又拼命地想要找一片乐土，安放这颗躁动不安的心。看着别人的流光溢彩觉得自己好不容易堆砌的城堡瞬间以一种摧枯拉朽的姿态倒塌了。

生活就像是一层神秘的面纱，让你看不清猜不透，让你欲罢不能，让你筋疲力尽。

很多人都为生活盲目地活着，麻木地奔波着。为了家庭，为了生活。然而，有多少人真正为了生活而生活，为了自己的内心而活着；有多少人内心的欢乐是一个人过着健全的，正常的，和谐的生活所感到的喜悦；有多少人是在诗意的生活……

生活，就像一道菜，有的人尝到了酸，有的人尝到了甜，有的人尝到了热烈，有的人尝到了平淡。不管是什么滋味对你都是一种磨炼，教会你成长，教会你自立。当然，你也有可能生活得幸福快乐，家财万贯。这都是不为人所控制的，然而，生活需要的是一种态度，是一种"世人皆醉我独醒，世人皆浊我独清"的自我肯定的态度。你可以举目无亲，孑然一身流落在外，但是只要你为生活铺一条诗意的地毯，就算是天涯海角，你仍然不觉得一无所有。

诗意的生活，不求像李白那样的放浪不羁，也不求像陶渊明那样的悠然自得，就只求心的满足，心的踏实。诗意的生活可以是闲暇时的一本书，可以是人在囧途的乐观心态，可以是两袖清风时的"天生我材必有用，千金散尽还复来"。诗意的生活就是在道路坎坷时仍然可以微笑面对；诗意的生活就是内心苦涩时可以寄托于一首欢快的歌，一句暖心的话；诗意的生活就是为自己而活，明日复明日，明日不再来，过好今天的每分每秒。

如果学跳水，虽达不到郭晶晶的水平，但是感受了跳水的过程；如果学英语，得不到李阳的成绩，但是懂得了那一份痴狂；如果弹钢琴，没有郎朗的那种水平，但是拥有了其中的喜悦……这些足以让我们感恩，足以让我们享受生活的奇妙。生活让我们生活着，拥有过还有什么不满足的？人生如戏，戏如人生。

午夜梦回里用一颗洞穿世事的心态想人生，悟生活，最后会发现，生活其实是什么？无非就是心灵的安慰。为了这份安慰，何不为生活铺一条诗意的地毯，给生活涂一些色彩，让生活跟着心走？

为生活铺一条诗意的地毯，那些艋舟，那些黄花，那些海棠时隔千年就让它们风化在时光中。让心灵在诗意的生活中得到放松得到栖息，生活不求多姿多彩，只求心的踏实，每天都能生活得开心、快乐。

为生活铺一条诗意的地毯，这个地毯可以薄，可以厚，可以大，可以小，但必须是敦实的，让人可以很快很舒心地融入进去。当真正地用诗意的心境来对待生活的话，可以发现处处是鲜花处处是美景。不再为了生活而恐慌生活，不再为了生活而绞尽脑汁，这里就是陶渊明的世外桃源，这里就是凯勒的光明，这里就是"大漠孤烟直，长河落日圆"的雄浑壮阔。

为生活铺上一条诗意的地毯，让诗入梦、入画、入生活。诗般生活，醉于晴空万里，醉于小桥流水，醉于春暖花开。

我心思忖凭来意

一个人，一本书，一段旧时光，足矣。

爱看书，拿杆笔头在纸上画上几道，凭兴趣。但是，最多的应该是心中的那腔热爱的暗涌，促使着我做这件事情。乐此不疲，直至一生。

一直不知道为什么很多人说话都喜欢用一生来表达，似乎带上"一生"这句话就有含金量，变得与众不同，惹得旁人信服，令他人刮目相看。细细想来，我好像也经常会拿"一生"来说事。许多人会问我，爱什么。当然不假思索，义愤填膺地回应——写作。然后对方回答，要坚持啊。

那是一定。这可是一生的热爱啊。鼻尖上渗出了晶莹的汗珠，照耀出我无数的瞳孔，每一个都能透露出坚定无比的信念。

写作填满了整个心脏，无时无刻不在热爱着，要用一生这个词语方能够表示出我对写作的赤胆忠心，表达出非你不可的决心，让别人霎时明白你的所思所想。真假立显。

一生，可真是个好词，挥扬雄心，让本身正在热爱着的事情更加籽粒饱满，与众不同。

书生意气，挥斥方遒。

哪有那么大的气魄，喜爱着一件事情是来自柔软内心的感动。爱与不爱，说是没有用的，自己的心知道。不管在外人面前说得天花乱坠，说得花枝招展，回到家之后懒散地坐在沙发上，呈现出葛优躺，方才说的话成了呼吸过的空气，吐出来就完事了，这非但不会得到别人的尊重反而会令人厌恶。

因此，放在心底的才是爱，时不时地掏出来放到太阳底下晒晒。一生，这个词却越来越不敢轻易地说了。有时候写出来的文字也鲜少用到这个词，怕亵渎了一往情深，怕写出来变了味道。放在心里吧，这是陈年的佳酿，在岁月的磨洗之后愈加的醇香。

对于所爱，我渴望的不多，像每日三餐一样的与文字亲近就好了。读着老舍幽默风趣的文字，品着周国平理智深邃的哲学思想，然后自己再写些随性的小文字，一段时间荒废过去了。我爱着这荒废，有些颓靡，随意，但恰恰又小资得让人嫉妒。

也记不清什么时候开始喜欢上文字的，是老师上课要求背诵海子的"面朝大海，春暖花开"，还是考试写的作文被老师当众表扬？时光迷糊了记忆，留下沙漏筛出的最粗糙的石子，这石子让后来的我愈加地迷恋。于是开始了自己的一场孤军奋斗，有人说前方有花开，我就拼命地奔跑去看花；有人说前方有悬崖，战战兢兢的我从此如履薄冰。但是，归根结底，从没有说过害怕二字，也没有想过要放弃。花再美眼前的即可欣赏，自己又不是钢铁侠、蜘蛛侠，何必和宝贵的生命抗衡。

对着电脑急速敲打的时候，周围平静得似乎要令人窒息，只有眼睛最活跃，看着手，看着电脑屏幕，忙得不亦乐乎。特别是在学校期间，记得是大学，有一次要写一篇征稿，我没有灵感，不知如何着笔，焦灼得比热锅上的蚂蚁更甚，敲打了几百字的文字不知被删过多少遍。刚买来的电脑还不会用,键盘比钢琴键还难认,手指头树杈似的僵硬。写一个字,眼睛要在屏幕和键盘之间来回穿梭很多次。好不容易一篇文章完成,眼角流淌出来几滴泪,是由于劳累的酸涩。

也许每一个内心有喜爱有追求的人都会很努力,甚至比我努力上百倍。谁让这颗心爱呢,没办法啊,顺着吧。顺着,顺着,不知不觉过了很多年。

穿梭在文字的世界里,一天天,一月月,一年年,在自身成长的同时,文字似乎也在发生着变化。每一个认识的文字和以往的组成方式迥乎不同。认知,催促着人的成长。

书生意气,变成了书生沉香。书写出一篇篇于心欢喜的文字。

热爱,在来时的路上马不停蹄地加速,于文字,真是一场声势浩大的告白旅程。

这个旅程在来时的路上早已奠定好基调,告示出来意。在准备拿笔在纸上涂鸦的时候就已和命运的齿轮缠绕在一起,思忖着,思忖着……一切都在悄无声息地变化着。

写 作

忘记从什么时候开始爱上写作,把错综复杂难以厘清的思绪统统交给文字。也只有文字,是人类最忠实的朋友。

没有欺骗、谎言、背叛,可以把自己全盘托付,没有后顾之忧。

夜深了,万籁俱寂,尘归尘,土归土,慢慢从脑海中浮现的文字,从胸腔中喷薄而出,欲然纸上。写下来,记下来,像是必须要完成的使命,这一天,所有的事情在轻轻的一杆笔头下获得永存。经年的养料,生命的着色笔。

写作,是一件寂寞,苦中作乐的事情。寂寞得像是北极熊的眼泪,无人看见的悲伤,空谷回音,荡漾在冰山一角,然后结成水晶,在太阳的照耀下也不会融化,探险者发现它,捡起来以为是琥珀,谁知,其实是孤独的颜色。在悲苦中感受到<u>一丝丝</u>的温暖,这温暖是一篇篇文章的完成,看着它,会跳舞的精灵,一个字一个字跳起舞来,转圈、抬腿、劈叉,这些精美的舞蹈是对我长久一言不发,眼睛直直地看着电脑的回馈,这个回馈有时会令我哭泣,令我满足,像是遇到了可心人,目光再也无法从他身边移走。

每一行，每一个字，于我而言，皆是珍宝。

很多时候，周身空无一物，只有活跃的头脑，是命运的体征，是喧嚣的源头，这一方寸土，唯我独尊，窗外的一切事情都与我无关。时代的变迁，树木的生死轮回，都不关心，只有写作本身才会让我提起兴趣，写一段悲情的文字祭奠爱情，无法挽回也终无能为力的爱情。爱过的人，音容笑貌，在我的笔下千变万化，亦实亦虚，连我自己都会恍惚，自己到底经历过一场怎样刻骨铭心的爱恋，难道青春不再，对爱情的判断也逐渐的模糊。

把自己想象成一个女子，有着纤长的手指，灵动的内心。同样的寂寞，在夜晚的霓虹灯下，被拉下长长的身影，空忧的眼神无限地蔓延在黑暗的每个角落，过往的人看一眼便扭过头去，径直离开。这个世界，自己已变得无足轻重，喜怒哀乐皆是自己的，与他人无关。

披着羊毛外套，点上一支烟，望着窗外车水马龙的城市，窗外是一片灯红酒绿，各色各样的人和物时刻在上演，一格一格的小窗内正在上演着惊悚的电视剧，没有人不会不懂得其中的利害关系，可是生活、兴趣、爱好，甚至是理想亦是如此，妄加指责便是吃力不讨好的力气活。

吐出的烟圈打着旋儿往上飘，连即将灭亡的烟火都不甘于平庸，努力地想要飞向高空，与气体一决高下，何况是人呢？最后一点烟蒂抖落，世间万物囊括在一双深邃悠长的眼底的女子，打开周围镶嵌的小灯，屋里一下子多了一些柔情。不喜太亮的光线，那会暴露内心的恐惧和不安，略带米黄的灯光恰到好处，在遮盖内心的情绪时，又可以表现得落落大方，不逊于人。打开电脑，开始一天的写作，直到凌晨三点，其间不停地写作，写小说，写专栏，写自己悲哀的无人同情的爱情。然后起身，抽烟，一根接一根地抽烟，直到嘴里觉出苦涩来，方才脱下衣服洗澡，从头到尾地抚摸自己。赤脚出来，裹着浴巾，躺在硬邦邦的单人床上，闭上眼睛，第二天开始循环。

  这是我看过许多作家描述的写作者的姿态，安妮宝贝更为显著，她笔下的写作女子皆是孤怨的，有着悲天悯人的情怀，举手投足间皆是故事。有故事的人，是深沉的；有故事的女子，更惹人爱恋。

  写作是深刻地反省，然后一刀一刀把自己剖析，凌迟致死的感觉，接着才是描述，每一片肌肤的感触，疼痛，鲜血都可成为写作对象，交由手指，在音节里发出声来。

  从写第一个字开始，就应该明白不可能有退路，写出来的文字必定是有血有肉，是自我的重生，以另一个姿态示人。

  写作，写的是真，是情，是禅。

  有时从别人的文字，便能挖掘出自己笔下的灵性，心绪忽然之间豁然开朗，明镜似的，便有了灵感，手中的笔也因此轻快了许多，嘴角轻微的弧度便能解释一切。

  由此养成了写作之前看书的习惯，看喜欢的人的书籍，会让我思绪大开，下笔流畅，无阻无碍。

  依稀记得初中时，还是个黄毛丫头，不明白写作的含义，哪懂得写作是怡心怡情的事情，拿笔涂鸦之前更没有见过几本厚书，凭着一丝想法写下几个文字，更别提读书这件事情了。那时的学校设备简陋，学校的书籍更是供不应求，很少的孩子能够想起来在闲暇时读读书，老师偏爱有加，对心爱学生偷偷地送书送杂志。

  一次，看到一个尖子生手里的杂志，便想借来读，只听得那个同学说，哎呀，你要小心啊，别让老师看到了啊，看完快点还回来。一边说还一边左右张望，生怕老师突然出现在身后。自己便真的像个肇事人，连连配合着点头，把杂志揣在胸前，宝贝似的。

  想来真是感慨，看书都是一件奢侈的事情，更别说写的文章能够投给杂志的编辑看了。

写得最多的便是内心的独白，有爱情，有亲情，还有对白天黑夜的依赖。

曾经以为可以用文字俘获爱情，便风花雪月地写着美轮美奂的文字，读来，都被自己倾倒，然而终究还是一个缘分担当，有缘无分，用再多唯美的文字依然是徒劳无功。

爱走了，可是写作却是魔鬼一般缠上我了，中了毒，与日俱增，无可救药了，从此以后写作之途真正成为我生活中的一部分。

把心里的触动，小确幸写出来，作成一首诗，写成一个故事，真是万幸。写作的真正含义应该是，我手写我心，不受世俗的牵绊，写的是真性情，没有迎合，没有屈服。它是一匹脱缰的马，自由地赤诚奔跑，释放天性。

夜空飘过淡淡书香

夜，是具有灵性的黑色外套。它的魅力在于高浓度的纯，让人有种招架不住的被凌空的感觉。但夜空的安静，平稳，沉着，总在人内心感受错综复杂的时候，及时让不安的因素变得理智、变得安全，慢慢地不由自主地就爱上了水灵灵、滑溜溜的黑夜。

不论是思考，学习还是看书，我偏爱这夜，特别是暮色降临到月色洒满一地银白的这一段时光，我的心情会异常的平静。因此我喜欢晚上看书或者是把有感触的事物以文字的形式表现出来。

看自己喜欢的书是一种乐趣，毕竟"兴趣是最好的老师"。

刚开始，我喜欢安意如的文字，飘逸，暧昧，苦里带甜的感觉，所以我一口气把她的作品读了一大部分。也许我骨子里带着伤感，所以读安意如的作品总能产生某种共鸣，唐诗宋词，南朝四百八十寺，句句就能一招毙命的触动心里那根多情的心弦，心情也变得湿答答的，写出来的文字不免带着些忧伤。后来书越读越多，思想也变得和从前不同了。以前总以为，小伤感、小忧郁才适合我，后来经过老师的推荐读了《明朝那些事儿》和《坐待天明》等不同类型的书籍之后,突然有种豁然的感受,一瞬间,思绪开朗了。读书就像是人生,当你觉得没有什么改变的时候,恰恰是命运正在发生转折。

我开始慢慢地尝试别的写作方式,或慷慨,或热烈,或明朗。当你尝试过之后,就会发现其中的乐趣。

读书有种治疗的作用,不论是心理上的还是精神上的。无趣的时候读书解闷,开心的时候读书平复心情不至于兴奋过头,难过的时候读书安慰自己,落寞的时候读书充实自己,无助的时候读书找寻安全感。

情绪总是在不断地波动中,怎么能受自己的控制呢?就连对书的感受也不尽相同,后来我又迷上了独木舟,疯狂地看她的作品。

读独木舟的文字,会让我的心有撕裂般的疼痛感。我明白那种欲得而无处可寻的滋味,在希望更浓厚的时候,突然前方无路了,是比失望更凛冽的绝望。但是我还不至于到绝望的地步。读《深海里的星星》,我看到了她内心深处的挣扎,比绝望更进一步的是生无可恋,可是她的文字是那么的鲜明,刺眼,看一眼就让你有一枪毙命的感觉。

不是吗?不论读什么样的书,总会让自己有些许的感触,这种感触会长时间地对自己有所影响。

阅读,在黑夜,最好是星空密布,月亮弯弯,这样阅读才能入心,才能有真正的思考。因此,我才能安安静静地度过一个又一个相似但不相同的夜晚。

有时候我读书会读到痴迷,当读《红楼梦》里黛玉死的那段,我都替宝玉心疼。他们相爱,彼此心照不宣。然而当看到与贾宝玉结婚的是薛宝钗而不是林黛玉的时候,以宝玉那天不怕、地不怕的性格为什么不去找他的林妹妹?林妹妹可是为了他啼血身亡了啊。花谢花飞花满天,红消香断有谁怜?她的诗也烧了,手绢也烧了,连对宝玉的爱情也一并埋葬在冉冉的火焰里了。到最后连贾母都不愿意去看林丫头了。试问黛玉,这场爱情值吗?

因为爱情,所以爱得那么炙热,连命也拿来做赌注,就像夏夜的风,虽消暑,但却扑灭了热情。

很多事情都觉得太过无奈,以至于不得不妥协。书里的百种人生,命运各不相同,一出出精彩绝伦的戏剧,把生活演得绘声绘色,到最后谁也逃不过导演的安排,要谁死,下一秒就不让你活蹦乱跳。

我总是感慨时间的飞逝,怎么快得一眨眼就没了。因此,我现在倍感时间的珍贵,读书已变得痴狂,爱书,就把它和我融为一体。

每一夜,都有我的思想在歌唱,它变成了温暖的外衣,带着淡淡的清香,环绕着我不停地舞蹈。

今夜,夜空又飘过淡淡书香。

云中谁寄锦书来

锦书是带着禅意的,来到你身边化成了一朵娉婷,飞舞在百花丛中,多让人着迷啊!这还不够,如果说是电影,应该才是高潮前的铺垫,当娉婷如孔雀般展开翅膀的刹那,才是惊鸿。

如此,一生着迷。

每每坐在湖边,净身端坐的时候,多么期盼这样一份锦书从云朵里飘落到我的身边。其实内心明白,锦书是虚幻的美好,对未来期许的盼望,它是敬仰、是兴趣、是追求。

想到此,便明白,原来锦书早就来到我的身边。它不是从云中飘来,是从我的眼睛里、手指里生发出来的能量,告诉我,人生众多磨难,唯有热爱,永垂不朽。且行且珍惜。

顿悟的开始便是行走的苦旅,说是苦旅,其中伴随着漫长的寂寥、孤独、静默的时光。在这其中,思考在不断地加温,持续地进行,然后幻化成文字,落于笔端,再回归于书本的墨香。如此循环,最后终有获得,如那句"念念不忘,必有回响",正是如此。

"云中谁寄锦书来",这句话本是易安的《一剪梅》里的诗句,归附于写作之中,更有众多的寄托在里面。

写一场惊世骇俗的兵荒马乱;写一场唯美动人的风花雪月;写一场薄凉悲切的寻常家事……给自己看,给懂得的人看。懂得,是心有灵犀的眉角一瞥;是闻到来人的气息便知道其人的性情,于是断定,这就是知己。多像伯牙和钟子期的知己之情,一旦认定,无怨无悔。写作莫不如此,一旦喜爱,则是前生今世的缘分,辜负不得。

许多的情感与自身有关,然后再蔓延周身,直至世间。看什么,思什么,写什么,都与心境相关。所以易安早期的诗句活泼,爱情气息浓厚,到了晚年,国破家亡,自然吐露的是满怀悲伤,抑郁的情感。

生而为人,欣然接受每个时段的自己,也欣然笔端的每一个文字。

晚明文学家张岱是个性情中人,不事科举,不求仕途,著述终身。走到哪里写到哪里,看到什么就写什么。他写《西湖寻梦》,写《夜航船》,给后人留下耳目一新的写作方式,不苛求、不束缚、不刁难,这是属于写作者最自由的地方。

写一篇文章,写到动情处便是无情处,挥洒泼墨,写就一生快意恩仇。不为青史留名,不为后人载道,只是为了心中的那一份平静、一份欢喜。有什么能比内心的欢喜,乐意重要呢?

饱含锦书的柔情蜜意,在写作的道路上蜗牛般缓慢地前进,把指尖的文字写浅了,写禅意了,写了雪小禅那样烟火气了,繁华不惊,银碗盛雪。用最浅显直白的文字写最真情动人的感情,与文字为舞,为伴。

因此,每次写作伊始,都会问问自己内心是否平静下来,是否平静得像是身边直升的烟火,不偏不倚,这时候动手写出的文字才更有嚼头,不负片刻交付文字的光阴。

不负锦书千里而来的相遇。未曾想过写作赋予任何的光环,这是内心的渴求,渴求在时光的流转中永不弃于文字。

在散文的世界里深情地活着

繁华的世界里,应该有一种期盼存在于内心,陪伴着人生的成长,不惊不扰,安安静静。起初可能对这样的期盼持迷茫的态度,但是经过了岁月的洗礼之后渐渐地会明白,原来这份期盼是信仰,文字的信仰,散文的信仰。

喜爱着一件事情,也是一种灵魂的归属。

因此,在我的世界里,毋庸置疑的当然是散文。散文与我是有缘分的。突然地降临到我的身上,大彻大悟,悠然之间老朋友一般。

可能也是因为对文字的敏感,还是学生时代,初中生的作文普遍是记叙文,我对于文体没有过多的认识,加上身在小村庄,很多信息都是闭塞的。作文成了一件苦恼的事情,每每下笔找不到熟悉的感觉。当时我的同桌告诉了我一个写作文的方法,其实也是一种投机取巧的方式——散文,她说散文可以天马行空,可以随心所欲,只要紧扣题目,保准不会错。我照着她教我的方法尝试之后果然奏效,写作时候的心情也变得轻松许多,像是驾驭在白云之上,整个大地都变得空旷起来。

爱上散文也应该从此开始。只是经年之后才明白这是个误区，在后来的持续不断地写作中，一直在自我摸索，我逐渐地感受到散文的散像是天上的风筝，不论飞得多高、多远仍旧离不开绳子的牵绊，而这个绳子就是散文的中心内核。形散神不散，它是主题，表达的思想，还有情感的投入。

可我仍然感恩的是让我深深地爱上写作，爱上散文，无法自拔。因为喜爱，所以便会阅读散文作家的文章，当然其他的也会看，毕竟写作时需要博览群书的积累，然后厚积薄发的应用，这样才会写得从容，下笔如有神助。之于散文的那根神经让我每每看到散文会更加敏感，快速地被唯美的文字带入进去，然后悠然展现一幅幅淡雅、脱俗的景象，这样的景象是属于自己的，有的时候恐怕连写作者本身都无法感受，这是散文给予每个人不同的世界，就像"一千个人心中有一千个哈姆雷特"。散文如此，文学如此，拿起笔写的时候更是如此。

丁立梅被人们誉为"最暖人心的作家"，她的文字平淡，温暖，读来总能照映心灵。每一次读之前都会正襟危坐，带着一颗兴奋的心品读文章，因为喜爱吧，每次都会有新收获，于我而言，则是较大的脾益。她曾写道，"尘世里，总有些什么，让我们情不自禁地微笑，使我们的坚硬，在一瞬间变得柔软。婴儿的梦呓，幼童的稚语，夕阳下相互搀扶的老人……"令我变得柔软的一定是散文，徜徉在散文的海洋里，心可以无限地坠落，可以一直放空，可以永远与己对话，最后回到原点，整理衣襟，步入俗世生活，这种柔软是极大的包容。

写作的时候脑海中便会出现丁立梅的文字，她的暖心话语，然后笔尖的文字也变得轻快极了。

雪小禅的散文写得出神入化，每每读来意味深长，像她的人，像她的生活，喜欢旧的东西，热爱生活上的柴米油盐，乐于收集陈年旧事里的物件，这样的物件像是老朋友，总令她难以舍弃。对我的散文创作影响较大的也就是雪小禅的文字了，简洁，都是烟火的气息，可以写成冰霜美人，也可以写成妖娆的狐狸精，还可以写素简的邻家生活。这样不停地转变，顺畅地转变是可以深深地俘获人心的欲罢不能，只是深深地被吸住了，然后便是一生。

她的"繁华不惊，银碗盛雪"的写作态度给我以启迪，在散文的写作中重新参悟，步入写作的新台阶。

华丽的辞藻只会越来越模糊散文的外表，最后连内核也变得模糊不清。散文不能一味地追求辞藻的华丽而忽视本质的东西，像人一样，交往的时候不会单单的欣赏穿着打扮，一定会在意其本质的东西，品格，道德，人生的观念，对生活的感悟。散文更加注重的是文章的实质，文字只是辅助作用，适当的煽情，适当的优美是锦上添花，否则会变成喧宾夺主，晃人眼球的"花瓶"。散文不光是美丽的文字，质朴的语言更体现出文字的精华，周国平的散文带着哲学的思想，用简单的文字，把散文写到心坎里去，一遍便难以忘怀；老舍的散文风趣幽默，逗人大笑的同时是严肃的抒发情感和观念。

散文好懂好读不好写，写不好便贻笑大方，真像读书的第三境界"蓦然回首，那人却在灯火阑珊处"，写来写去，散文不过一个"心"字也，而做人做事莫不是如此？

写的过程是参悟的过程，是摸索的过程，是探究的过程，可能是因为热爱啊，只想在散文的世界里深情地活着，付出我心，我情，读到老，写到老，悟到老。

正式写作之前的独白

冬天独爱阳光和被窝，阳光照在我的身上，会让我觉得这个世界充满着无尽祥和的爱，内心持久以来的恐惧感顷刻间荡然无存。冬天真冷，冷得手指一直缩在衣袖里，被母亲看到，还不时地被调侃两句。到处都在结冰，将要春节，偏偏雨雪天气较多，大雪封山，道路被雪掩盖，走路都难，更别说是行车了，那么高速公路一时半会儿怕是通不了了。

之前的几年，火车站滞留了多少个渴望回家的异乡人，今年交通还好，但是晚归的人并不在少数。较之幸运的我，早早便回到了家。

家里有亲人的温暖让我感觉很踏实，给予的关怀也备至，然而被窝却是我的最爱。在我到家的前几天，母亲已经在天气好的时候，把几条棉花被子拿到太阳底下晾晒，然后细心地为我铺好。整整三条厚被子，睡在上面像是藏进了棉花堡里，满满的母爱，于是，我每天再也离不开被窝了。感慨道：若整个冬天都与被窝为伴，那真是太幸福了。

当然，被窝不仅仅是用来偷懒和取暖的，看书，写作，更新推送，追剧一样不耽误，把我小小的书房都抛弃了。母亲有时候会对着床上露出一双小脑袋的我说，既然早就醒了，为何不起床呢？我只是嘟着嘴，给母亲来个小小的撒娇。

　　近几日的天气都不错，每天阳光普照，洒下一丝温暖的气息，让结冰的路快些融化，也让我的心一暖一暖的，幸福极了。然而太阳一落山，寒风四起，我的骨头将要冻麻了，恨不得立刻躲进被窝里，不吃晚饭。体寒怕冷，有什么办法呢？

　　立春大半个月了，偶尔出去散心，看到路边破土而出的嫩芽，飔风带来柔软的气息，阳光里夹杂春的喧闹，我知道，我的心再也静不下来了。古人好说："一年之计在于春"，春是美丽的姑娘，哪能不多看几眼饱饱眼福呢，伸伸蜷缩了一整个冬天的懒腰，出去走走吧，呼吸呼吸新鲜的空气，和春姑娘多搭讪搭讪，没准就能成为好朋友呢。

　　在心里已经盘算好啦，着装都想好如何搭配了，白色帆布鞋，破洞牛仔裤，白色衬衫，再加一件牛仔外套，简便舒适。春天需要有春天轻松、素雅的装扮，可以与自然亲近，闻花香、赏美景。

　　一定要和对的人一起出去，开心是最重要的，爱人，闺蜜，蓝颜，只要是谈得来的应当是首选。毕竟出去游玩，一定要身心相宜，方可领略一方美景。

　　经过一冬的蛰伏，此刻整个人应该是一副整装待发、精神抖擞的状态。虽然春节过得真的是眼睛疼，心疼，腿疼，脚疼，胃疼，全身都疼。并不是真的疼，而是看到很多同学都陆陆续续地结婚了，晒出美丽的婚纱照，即使没有结婚的，也很猖狂地一点不顾忌别人的感受，晒恩爱，秀幸福，心中不觉得有一些落寞。这个落寞并不是因为羡慕，而是对爱情来说，真正的归宿应该归于婚姻，而婚姻又把两个人的感情扩大成两家人，以后有了子女，爱仍在扩大，待子女成人，结婚，这个爱在无限地延展。

　　爱情的缘由应该是缘分。

我相信缘分，一切随缘，有时候看似漫不经心，实际上已经在心里留下了很深的烙印，这是归于爱情，也是忠于爱情的。

　　我相信，所有的感情都一定是真心换真意的，两相情愿才是爱情的真谛，我同时也期盼着平平淡淡的爱情，生活里有些小情调，你懂我，我亦明你，这是该有的灵犀。让两人心意相通的爱情是过尽千帆的艰苦，这样的爱情也是更值得珍惜的。

　　很久都没有这么碎碎念过了，以往与人交流要么沉默，要么坐姿端庄地附耳倾听，很少，甚至不曾如此，无所顾忌的，大胆地把内心的情感表露出来。我内心一直住着一个胆小、懦弱的女孩，害怕无人懂得，害怕自己的直言快语一不小心伤了人。这样的小心翼翼，唯唯诺诺有时候会让自己生厌。这不是真实的自己，藏于伪装的面具之下，越来越模糊，甚至都认不清自己原来的模样。

　　很多人说，安妮宝贝，现如今改名庆山，以此名出了一本新书《得未曾有》，说安妮的文笔过于裸露，每件事情都说得那么直白且露骨，像是在刻意地满足人们的欲望。我不这么觉得，反而，真切地爱上了她的文字。她如此幸运，经常能够把自己想要表达的淋漓尽致地表达出来。中国国学博大精深，特别是文字，简简单单的文字竟能表达丰富的情感，而且，一样的文字还能够表达出不一样的韵味，真的是令我欲罢不能了。我崇拜安妮运用文字的能力，信手拈来，仿佛是与生俱来的本事，为之疯狂，把全部的感情交于文字，融入其中，最后再从文字中冲破，升腾而来。

　　有时，我找不到合适的词语来准确地表达我的愤怒，伤感，忧郁，失落，开心，欢畅，激动，这是我最大的缺陷，也是我应当需要改进的方面。

　　以后，我不想顾左右而言他，把所有都悉数依附到文字上，既然，我与文字有缘，就希望这种缘分，能够持久稳固地保存下去。

新春伊始，冰冻开裂，我该正式地投入到写作当中去。正式，是那种把写作当成一件事情来做，认认真真，踏踏实实。

不知道下本书何时能够面世，也许要很多年，也许过不了多久，也许一辈子都不会，但是，我仍旧会投入所有的感情和热情来写每一个字，塑造每一个人物，表达每一种情感。

我知道，不论写什么，都是我内心真实的声音，我的情感是真的，眼泪是真的，所说过的每一句话都是真的。

做个写故事的人

禅，要悟；生活，永远在演绎着各类的故事。

人生如戏，戏的悲喜交加亦是人生的缩影，各处都是在诉说着悲苦的故事，故事中的我们往往被命运的手掌蹂躏成模成样的中规中矩，世俗圆滑。

从什么时候开始，我觉得写文先要学会讲故事。

凛冽，凄惨，欢喜，幸福，用笔画一样描摹，让原本残缺的一面填充式的补充，本郁结在心里深处，不愿用有声的介质表达出来的情愫借着沉静的文字来做表述，作为化解误会、悔恨的桥梁，让真相大白于世界。

写故事应该要先有故事可写，世界之大，一花一木，鸟语花香皆可成为故事的主角，三毛不就是写故事的人嘛，她的一生都在讲故事，沙漠的生活，她和荷西的爱情。她讲她早年被老师侮辱，画在脸上的大大的"O"，她讲她的日常生活，诉说着平常的琐碎事情。

故事，本是来源于生活高于生活的。余华说过"真正的现实，也就是作家生活中的现实，是令人费解和难以相处的"。做个写故事的人，从生活的实际出发，但并非是单纯的描写生活，其中的感情和孤独只有写作的人才能够真正感受到。故事，是让写作者从中挖掘灵感和启发。

以前以为写散文就可以一味地飘逸，天马行空，随心所欲地写就可以领悟到写作者真正的灵魂。其实不然，写作，不单单是简单的语言华丽优美，辞藻精美得像一张张经过雕刻的美人图画。写作，是灵魂的诉说，是归于故事中人物的感情世界来激发出对普世的感慨。

安妮宝贝的《莲花》，海明威的《老人与海》，毕淑敏的《鲜花手术》，无一不是在故事中提炼精华，步步紧逼的剧情让读者有无限遐想的可能。

怎样才算是真正的写作者？故事是文章的精髓，是连贯始末的主线。故事，领导着写作者的思维，好的故事可以引领一代人的思想，反之亦然，就像水可载舟亦可覆舟。

越来越觉得故事对于一个写作者的重要性了。

没有故事的文章，就像是没有灵魂的躯壳，活着就是一具行尸走肉的废柴，毫无意义。

现在故事是市场青睐的货物，就像奢侈品，越多越让人们喜欢，多多益善。文章的故事性已经成为商业化的主要发展对象，越商业越让许多写作者违反自己的写作意图，也慢慢地丢失了写作的本来目的，红楼梦里的单纯娱乐的写作雅兴也逐渐在现实中消失殆尽。我并不是说写故事就是一种意图，看过这么多的书，不置可否的好文章都是充满故事性的，故事是活跃文字的衣裳，朴素是淡雅，色彩斑斓是故事跌宕起伏的铺垫，小说，是故事性极强的文体，记叙文也让故事有个完整的交代，就连散文也是在故事中抒发情感。

故事是一篇文章的眼睛，故事出来了也就看到了世俗的纷纷扰扰，千变万化的人心，无可奈何的举措。

做个写故事的人，借着故事的眼睛观看云卷云舒，庭前花落，成为一个真正的写作者。故事于心，了然于笔。

第三辑　梨花风起正清明

初冬之雪

刚捡起一片褪去绿汁披上橘黄的树叶,北风一吹,吹来了一场大雪,仿佛突如其来的惊喜,把世界带进了一个梦幻空间,只要够大胆,在一片素白里可以尽情地描绘心里的那片蓝图。

午饭后一点多,去缴电费的路上,空气中呼啦啦一片响,我伸出手,与手表面皮肤接触的地方像是颗颗小珍珠砸下来,凉凉的。一阵欢喜涌上心头,下雪了。

冬天的第一场雪。

工作人员说,这还不是雪呢,咱叫它琉璃雨,琉璃雨下完雪就来了。那不是雪的情报员嘛,提前来告诉大地,雪将要莅临。穿上厚衣,围上围巾,戴上口罩、手套,出来吧,来与雪交朋友、拍照、堆雪人,用干净素白的雪展现艺术的伟大,再来个诗人赋诗一首,哎呀,真的是美妙绝伦呢。

晚上便下起了雪,起先是轻柔的女子般,从天而降,仿佛为许久不见的世界献舞一曲,算是见面礼。不多会儿,鹅毛般洋洋洒洒地直往地上钻。从外面回来的人，顶着贴着白花的新装欢喜地回来了，一边吆喝一边拍打，看我的新装，看我的新装，许多人闻言都伸着小脑袋看外面与天连为一体的直白，这直白，像是没有棱角，在四周无限地延伸下去。

没有黑夜了，到处都是亮光光的，混合着霓虹灯的柔光，泛着大片大片的红润，真像刚从外面约会回来的女子，盼着下一次与心上人再相见，越想越欢喜，按捺不住的情绪，心都要从身体里蹦出来了。

白雪皑皑，一片寂静。"千山鸟飞绝，万径人踪灭"，这个时候大家都缩在温暖的被窝里睡觉，做着春天的梦。或许，在空寂无人的路上，还有人在迎雪赶着回家的路，这是由于对家的思念而产生的动力，哪怕千里万里也要回家，赶着雪未停之前，敲开家的门，看到亲人惊讶的表情，在对方的额头上印上一个吻，一起度过有雪的冬天。

冬天有雪，很容易想到梅花，这个坚强的女子，不与百花争芳斗艳，在寒冷的季节里孤芳自赏，带着傲骨在最冷、最有期盼和希望的季节里狠狠地开上一场，一白一红，一种清淡，一种芳香，平淡不失淡雅，高贵不缺品质。再也没有比这更美好的事物了，我真爱透了这个冬天，爱透了这初冬的第一场雪。

第二天，在雪的映白里，世界早早地就喧闹起来，枝丫被雪压的断裂声，相机的"咔咔"按快门的声音。来吧，打雪仗，堆雪人吧，拿个胡萝卜当鼻子，还嘲笑它冻得鼻子都红了。

在女生之间最经典的玩法便是两个女生拉着一个中间女生的两个胳膊在两边跑，中间的女生蹲下，往前移动的时候，中间的女生像是瞬间拥有法术，学会了漂移，感觉特别过瘾。男生都会来玩滑雪，一只脚用力往后蹬，前脚随着身体往前滑，像小哪吒踩着风火轮一般飞了起来。

老师肯定会晚点来上课，雪很大，要堵车的，这正好如了学生的意，雪正美，不出去好好玩一下，真真的辜负了这一场雪。

小的时候我最爱雪，和几个朋友在雪地里玩，雪像是一层层婚纱盖过来，一下子全身都要被雪埋了，玩得全身都湿透了，不拿伞，帽子也不带，徒手挖雪堆成个小山，然后爬上去坐在雪上滑下来，一遍一遍又一遍，不亦乐乎，裤子都湿透了。大人来喊也不愿回去，拿着棍子来赶，怕了，嘻嘻哈哈地跑邻居家来玩，看了看被雪浸润的石榴般红彤彤的手，想了一个点子，做个手套吧，说干就干，翻箱倒柜地找来些碎布，剪刀，年龄很小，只见过大人做过东西，都是剪碎了再拼接，最后浪费了一块好布。邻居女孩很聪明，把手放在布上，按着手的形状剪下来一块，再剪下一块一模一样的，两个布一缝合，唉，成了。回到家，带着做好的手套，家长问，哪里来的，顷刻小小的虚荣心开始作祟，回答说是自己做的。

如今身处异乡，看到雪，仍像见到了亲人，有人喊：嗨，来这边玩雪啊，给你拍个照。看着雪地上的精灵，才知道雪是仁慈的，不管年龄几何，在雪面前，犹如在母亲面前，永远是个孩子。

俗话说，下雪不冷化雪冷。雪停之后自然是要化的，留也留不住，化雪的时候格外冷，化学上的水汽蒸发，降低周围的温度。把自己裹成一个球，也抵挡不住刺骨的寒气生生地往身上钻，真想学动物躺在被窝里冬眠，与世隔绝，待到春暖花开时节，再抖擞抖擞身体走出来。

晚上结冰，白天融化，真像繁衍的人类，世世代代轮回。生与死，善与恶，一切随缘，不强求，不埋怨。

春意盎然枝头闹

每年都是枝头上的花来告诉我春天到了,这花开得不早不晚,刚好吹来的风柔软得像是一团团棉花似的。

灿黄的迎春花,只听花名就像是为春天而生的。它也不张扬,顺着藤条开了个遍,到处都是,走到哪里都不会错过春天的讯息,尽职尽责。迎春花不容易上照,不是会拍照的人,一下子就能亵渎了它。由此,我从不敢拍迎春花,单纯的用肉眼静静地欣赏它,像是欣赏一件美丽的旗袍,想象着怎样的女子能够衬托出它的美丽,它的气质。

然后就是桃花,桃花与碧桃、紫荆都非常有特色,先明艳了一把,然后才是翠绿的嫩叶冒出来。桃花最会抓人眼球,大片大片的花朵,粉红中留白,娇滴滴地惹人怜爱。直如杜甫的诗句"桃花一簇开无主,可爱深红爱浅红",来客眼睛都看直了,脚步也挪不动了,咔嚓咔嚓的相机的声音,走到多远都犹如耳畔。世人爱与桃花合影,男男女女,老少皆宜,总能衬出一副它的娇羞。

今年才刚知道原来那一树一树,繁密中迎风微笑的中国红原来是碧桃，碧是纯粹的颜色，把红色红到极致的也只有碧桃了。单纯的红，像是直白的性格，一眼就知道了，这样更让人垂爱。偶尔会看到有些微微泛白的花朵，那一定是经过了雨水的冲刷，不然一定是明艳艳的红，红到人的心坎里。

以往总是爱拍它，在校园里，公园里，见到它总是忍不住拿起手机拍啊拍，直拍到内存不够了才罢休。它如美丽又典雅的女子，不做作，真性情，怎能不令人喜爱？

有次，偶然见到来采蜜的蜜蜂，趴在碧桃的花心，红中又加了一抹蛋挞的黄，真是锦上添花的好事。勾起了我心中强烈的拍照欲，一定要拍蜜蜂的特写。一阵轻微的飓风，陶醉在蜜香中的蜜蜂有所警惕，花朵这么多，采不了这朵采那朵。于是，我与蜜蜂在赛跑，兜圈子，看谁跑得快，看谁能先到阵地。也不知道累，天上的云开始由浅白变成深蓝，夜色的幕布开始垂下来了，翻了翻手机，收获还不错。

其实最让人们在春天动容的还是樱花，从三月的早樱开始，一直到四月的晚樱结束，追星似的。武汉大学的樱花最多，人们争先恐后地去观看，人山人海，摩肩接踵，一天几十万的人流量，别说是人了，连樱花都受不了了。拍下来的照片都是黑压压一片人头，如果缩小来看，真像是下大雨前，成群结队搬运食物的蚂蚁。

一直都分不清桃花与樱花的区别，在网上查了查才知道，桃花的花瓣前端是圆融的，无缺口，而樱花则是呈锯齿状。

不过，不管是桃花还是樱花，入了摄影师的眼，就是美了。还有海棠花、窈窕淑女般的玉兰花、山茶花、雪样的梨花，一一欣赏，也是整个春天的事情了。也是啊，春天与花为伴，游人春游亦是为花，有了花的点缀春天的热闹氛围一下子起来了，活跃了，可以热舞了。

春天看什么？花啊。什么时候是春意最盎然的时候呢？抬头看枝头上的花吧。

端午，让泪化作纸鸢飞

冥冥之中好像读透了诗句中充斥着泪水的情感，激昂澎湃得没有一丝偏差。

端午节将要来的这几天，我用一种朝圣的心态，从心里安静的位子轻轻地装着有关端午的信息，然后开始对它顶礼膜拜。那些逝去的英雄，经过几千年的历史洗刷更加形象清晰地展现在现代的人面前。

大街上到处都是卖粽子的，放眼望去，一溜溜、一排排好像说好了似的同时出现。是以此来感怀屈老的英勇逝世，还是用猫一样精明的双眼洞察到今天必是牟取暴利的商机？问问价格比平时高了一半。但却隐隐听到商贩的抱怨声，一个小小的粽子能赚多少钱啊，别忘了我们都是有家有孩子的人，我们养家糊口容易嘛。忽感背后一阵凉意，原来今天粽子的销量不错呢，既然商贩都那样说了，那我也买个粽子吃，然后再听听屈老的刚硬之声。

看着用芦叶包就的精致粽子，久久下不了口。"举世皆浊我独清，众人皆醉我独醒"，屈老的一声叹息之后，抱着石头，带着满满的叹息投入了汨罗江畔。后来世人就用粽子来纪念屈原，还有屈原的诗。不知道大家吃着香喷喷的粽子，情是否仍在，是否让屈原的眼泪归于汨罗江，是否纪念屈原只是一种形式上的哀悼？屈原的诗现在在人们的心中值几何，还有谁能够捧着粽子轻轻地来到汨罗江畔为屈原赶走湖里的鱼？一转身听到了街坊阿姨之间的对话，赛龙舟的活动马上就要开始了，艾叶不用买了，我家地里长得到处都是，回头给你割几茬。听说艾叶还能治咳嗽呢，用火烧成灰末和鸡蛋煎，效果特别好。乡下人们没有寂寞，哪里有屈老存在的意义。城里人更爱热闹，刷卡不要爆已是手下留情，K歌是一种潮流，更是一种宣泄的方式。吃着粽子，话唠着各自的故事，看着搞笑的电视剧。若屈老能听到，会不会黯然神伤，怀疑自己英勇献身的意义啊。呜呼，"碧云天，黄叶地，芳草碧连天"，自古以来诗人都是哀怨的，一腔热血找不到可以安身的居所，跟不上剧情的涤荡起伏。袖口一甩，半壁江山独我醉，原来世人个个清醒得像是中了头等奖。

阵阵芦苇荡，荡起了圈圈涟漪，雁飞过，情相依。这个端午没有了主角，配角在台上演得绘声绘色。这个端午，谁在读屈原的《九歌》《天问》《云中君》《少明司》《九章》，了解屈原的内心忧伤。死，无所惧，只是为何死，死为何。端午，本是个忧伤的日子，却原来，演变成了莺歌燕舞，灯红酒绿的养生堂、欢乐谷。各位看官，有没有看到屈原的眼睛在湿润，一甩变成了纸鸢飞，在清凌凌的水上孤独且徘徊着。这泪在岁月经久不衰的风华中已经化为琥珀，永恒存在了。

悼念原来是虚无存在的，口号喊得响亮且符合实际，"我们的节日"确实是我们的节日，我们以此来丰富生活的节日。看到这，各位看官有没有觉得我们的文化，不仅是传统文化还是现代的文化在逐渐地走向低谷呢？唐诗宋词还是敌不过网络的经典段子吸引人们的眼球，纸质书最终还是败给电子书的快捷方便，有多少人还有那个闲情雅致在一个温润的午后，一杯香茗伴着一本好书开始慢慢地欣赏，感化心灵。如果真强迫一个人那样做，不出一个小时，肯定会觉得如坐针毡般难受呢，还是不要强别人之所难了。快，才是生存的方式，质，还是留给前人吧。

不懂，是心的真情流露，懂，才是虚伪的披着羊皮的狼。不能怪谁，也怨不得谁，谁让我们生在这个时代，活在这个时代呢。精神的食粮毕竟满足不了生活的需要，端午，确实是快乐的日子，亲人可以团聚了，情人的爱恋更加火热了，商业发展得到促进了，文言文越来越被奉若神明了。

心还在感怀着，以往的璀璨是无法磨灭的珍珠的光芒，在物欲横飞的时代，你是一位智者在端庄的微笑。微笑着微笑着你却留下了无人看到的眼泪，和江水混为一体养育了代代繁荣不息的鱼儿。

江面上飘着一纸鸢，满载着诗人的泪水，随风晃晃悠悠的漂泊天涯。

忽而又见来雪

雪是知人性的,在冬末春初的时候来了一场告别。

冬初的时候下了一场大雪,顷刻间白雪皑皑,像是鲁迅笔下处子的皮肤,又是健硕的臂膀,在天空忽闪着,忽闪着,把所有人挨个拥抱一遍。善良的雪,是枝头上稳妥的白鸽。春节已过,初七立春,想着见雪,与雪再来一场声势浩大的约会又要再等上一年了,若雪飘然远走,在暖冬的季节,等上几年也是有的。

X给我发了一条信息,告知我下雪了。以为是一则玩笑,他知道我爱雪,刻意逗我。然后再看看周围,阴沉的天气如顶着一条润湿的毛巾,枯黄的枝条仍旧在闭目养神,三两顽童在院子里闹着、跑着,其他一切如旧。其实心里是遗憾的,如果此时真的下着雪,刚好远方的温暖送至,真有些诗情画意的味道了。

刚垂下眼帘像是还没有蒸熟的馒头,一摁便瘪了下去。寒冬真冷啊,北风由轻微到强烈,开始狮子似的呼啸着了,我赶紧跺着脚躲进屋里。

聊天,年关唠家常,然后盼着雪来,虽是个假消息,却也不知不觉间在心底滋生出了期盼。我一边与家人聊着大姨的病情，一边不时地偷窥着门外，期待着一星半点儿的雪花落于庭院。刚把头缩回来便听到了外面的聒噪，下雪了！是啊，此时的雪像是刚从面板上扫下来的白粉末，其他人都承言雪下不大，谁曾想，不到一支烟的工夫，已经可以在地上打雪仗了。

他果真没有骗我。也许是地域的原因，雪和雨一样都要循着一个方向来的，穿衣也要一只袖子一只袖子地套。心里像是忐忑不安刮奖品的人，最后真的刮到了大奖却有些虚假的感觉。我伸出手，逐渐变大的雪粒越来越轻薄通亮，和之前的有些不一样了，更美、更诗意、更有禅意了。

每一次见雪，都像是初见一般惊喜，不知所措，慌乱了神，竟然不敢出去了。在门前呆呆地看着飞舞的雪花，多像一个个纯洁的信者，把自然的讯息无一疏漏地告诉世间万物。

怎么还不如上次了呢，披着黑色的羽绒服，拿着手机，欢快地出去，在天地间作画，画出一幅幅属于天地的作品。给雪，给天地拍照，发到网络上，许多人夸赞着真美。不知是夸赞雪美还是我拍照的技术美，也许都是吧，没有雪的精灵通透，我也拍不出心中的雪景呈给大家，如果没有对雪的一往情深，我也不可能把雪最精灵的一面定格。

两者交相辉映，自成一体。

雪仿佛是没有年龄的，永远那么白，那么年轻，肤如凝脂。每一场都这么认真地下，这么毫无保留地留在民间。雪应该从什么时候计算年龄呢？盘古开天辟地，空间、年轮形成之后，人类逐渐产生。这样推算，雪应该有几千岁了吧，把她比作老人似乎也恰如其分，满头的白发依旧活泼开朗。心态极好，异于常人，因此，才每年都如约而至，每次都会带着惊喜。把她比作少女也言之不过，热爱舞蹈的女孩儿，心思澄明的像是一汪清泉。心里只有舞蹈，挚爱的舞蹈，像是我的心里只有写作一般。雪不停地旋转，在天地间，在世间的人潮拥挤中，向每一个鲜活的生命前努力地展现她的一腔孤勇，一腔热血，一味执着。

然而，雪似乎又是个做事沉着稳重的中年女人，有始有终。知道人们爱着她，不论大人小孩，对她的爱已经无法用言语表达，只知道一到冬天全都盼着雪来呢，早早地准备好厚衣，厚帽，厚鞋随时迎接。

这是一种无言的尊重，像是对人的一种尊重，巧言令色终归败给日久，只有发自真心，付诸行动才会获得彼此的信任。

所以，雪又来了，在立春来临之际，再给爱她的人一个温暖的怀抱，愿来年不负相约。

梨花风起正清明

春的飔风吹来,清明节迈着舒缓的步伐来到了麦田里,高楼里,人的眼睛里。

清浅的天空下,树枝露出了青嫩,折一枝柳,斯人尚在他方。春是需要用心的,把心彻底地打开、坦露,与春相互融合。待到清明,再揉出一朵朵鲜嫩的小花,别在路人的衣襟上,提示着路人,脚步轻些,轻些,再轻些,切莫惊动了熟睡的故人。

毕竟"清明时节雨纷纷,路上行人欲断魂"。对于亲情的怀念是从心底发出来的声音,旁人不能载道。

不过清明在越来越多的文化元素添加进来的时候,有了迥乎的不同。比如开封。开封是历史文化古城,著名的八朝古都。每年这个时候都会举办文化活动,带着春香,带着浓意,带着厚重的历史文化,为五湖四海的友人呈现一场场出彩的节目。在异国他乡,节日的氛围让人有种依旧身在家乡的恍惚感受。

节日遵循当地的特色,为期十天,四大类六十六项活动。真真是日日新奇，日日有新意，也是为了一颗游玩的心。欢喜，惬意，留恋，在一次次的欢愉之中留住生命的精彩，让生命轻薄、透亮起来，人生的脚步缓慢、轻快。总之，随心。

每一场、每一个节目的演出，都牵扯许许多多人的辛勤付出。清明上河园，依据张择端的画作所建，水上实景演出《大宋·东京梦华》。夜晚华灯初上，清爽的风开始轻柔地拂来，周围的漆黑映衬得舞台愈发的明亮。在梯形观座上，目光开始聚集，看着色彩的变化呈现出一幕幕精彩绝伦的表演，给予视觉的盛宴。让触觉也愈发的真实，历史从眼前缓慢地走来。这一切排除己外，却又紧密得很。

小宋城是开封人的待客厅，呈现出对味蕾的抚慰。吃，民以食为天，在果腹的时候也应该对吃有所讲究。《舌尖上的中国》关于吃法千奇百怪，总归一点——美味。刺激味觉那一瞬间的战栗，永生难忘。也难怪，怀念一个地方，必是那里的美食。

薄皮大馅，灌汤流油，酱味浓郁、焦而不糊的罗记炒凉粉，有状如牡丹、味道鲜美的大嘴烧卖……数不胜数，需要味蕾来体会。一道道工序，像是在努力地寻找，寻找那个一眼识千里马的伯乐，也是在为有缘人准备一个美丽的邂逅。食物，关联着爱情。

四月，是芳菲的娉婷，是不息的烟火，是红绿相间的交错变化。在美好的时光中游玩，拥抱着风的暖，花的香，观朱仙镇岳飞庙，赏开封西湖。

当你安静地坐在小宋城的剧院里，看着歌舞秀《千回大宋》的时候，展现的市井喧嚣，离愁别恨，才真正地感觉到，生活千年以来终究如此。生活是磨人的妖精，诱惑是愈加深陷的枷锁，但是又是本心所为，谁人能够逃脱？

美轮美奂的演出，那一瞥一颤动的回眸，道尽了千百年来人的悲苦和欢喜忧愁。

纵观全局，身在围城里的人们，过着自己的生活。

游玩，是学习的开始，身心的体会。眼看着，耳听着，鼻嗅着，手摸着，唇说着，春风吹来了姹紫嫣红，碧桃的红艳，海棠依旧粉红，樱花不见了踪影。

转身看到，梨花风起正清明。

拍照记

咔嚓，一张照片拍成了——剪刀手，微笑。身后的花花草草正开得茂盛，谁家的萨摩耶不小心抢镜，摇摆着尾巴。

多好啊，时间停滞了，停在了那月那日那时那刻。

日子在流走，青春不再，翻箱倒柜，竟发现一张年轻时候的照片，长发，灿烂的笑容，藏也藏不住的青春气息，那个时候该是多么的幸福啊。时间夺去了一切，不过还好，还好有照片替我们保存。

游玩时最爱的就是拍照了，非得把内存装满不可，这才算尽兴。把自己打扮得齐齐整整，蝴蝶一般，在大自然中飞来飞去，涂上一直不舍得用的口红。大红色，偏爱大红色，红色是热闹，是喧嚣，接近市井，本就是个俗世女子，必然要活得接近地气。

母亲最怕拍照，每次为她拍照，她都是用手遮挡着不愿意，总是说，别拍我，老了，难看，对着镜头，仿佛不是我了，笑也不会笑了，忒不自在呢。

记得一次去影楼拍全家福，摄影师说，来一张父母的合照，我当即就看到母亲的脸羞红了，父亲则马上到门口去抽烟。那情景真像是老一代人结婚时，中间放着一个红苹果，两人咬得娇羞，低着头，眼睛里都是情话。

不仅拍人，还拍物，花被拍的是最多的了，春天来了，百花争艳，一朵比一朵美，像是一个个绝世倾城的女子，醉红颜，春天由此热闹极了。有一种花却是最含蓄的，却也傲娇着呢，那便是与春格格不入的梅花，寒冬腊月才开，仿佛遗世独立的一颗珍珠，摆在上空熠熠生辉。

拍照鼎盛的时候就数春天了，春天万物苏醒，连女孩子的心房也被打开了，这个时候拍出来的都是真性情，都是至纯至净的，可是别忘了一年四季各领风骚，各有各自的美啊。

四季的美，摄影师能拍出人的感情，要你笑，要你哭，全都在他的手里和眼睛里掌控的。

人的美，情人说了算。"情人眼里出西施"，相中你了，看上眼了，把你放在心里了。你多美啊，在我心里，美得让我夜不能寐，看一眼，脸都在火辣辣的烧，烧到心里了。

低头吃饭时，恬静内敛，发丝随着微风轻轻起舞，赶紧按下快门键，瞬间就被永恒的定格，永远的美了，在心里，按下快门的那一瞬。

晚饭后我来到学校的湖边散步，广播响起，是周杰伦的《不能说的秘密》，歌声和着丝丝缕缕的夜色，有种淡淡的浪漫气息氤氲在周围。越来越多的情侣来路边约会，手牵着手，穿着今年流行的格子衫情侣装，羡煞旁人。我坐在湖边看水光潋滟，似乎有种不入调，生拉硬扯地混进了这里，别扭且多余，别搅了这番好光景。正要转身离开，看到一个女孩站在湖边，摆着姿势，等待着男友拍照，忽然被这幅画面感动了，平常得不能再平常的画面，我却被深深地感动了。

想来这个男生该有多喜欢这个女生啊，肯蹲身为她拍照，发现她的美，存在记忆的匣子里，那么这个男生也肯为她弯身系鞋带，想着想着鼻子一泛酸，赶紧离开这里吧。

　　百年是个漫长的过程，又短暂得像个捧不起来、抓不住的水，留也留不住，停也停不下来，顿时伤感得让心湿答答的。

　　最近网上有一个特别火的小视频，一个女子，从怀孕的那天起，丈夫每日都会给她拍照，一直到宝宝生下来，每天都在同一个地方，可是不同的是，周围的事物都在悄无声息地发生着变化。

　　这是一种记录的方式，活在这个世界的证据。

清明纷纷雨

"清明时节雨纷纷，路上行人欲断魂。"清冷，凄凄切切，杜牧的一句诗迎来了清明节。

春天，是个闲适的季节，适合用眼睛来感受世界的美丽，因此很多人趁着这个春光明媚的时候去春游。万物生长，清明的纷纷雨也似乎为春天点上一抹嫣红，浓妆但不艳抹，热烈但不喧哗，宣扬中的低调，迅速中的平稳。清明在春天的盎然中似乎没有了往昔低沉的情绪，有的是欢喜和憧憬。

清明，不仅是二十四节气之一，还是一个怀念的日子，像端午怀念屈原。

它是晋文公为了怀念介之推而专门成立的一个节日，这一天人们只吃冷食，禁止烟火来表示纪念，还用面粉和着枣泥，捏成燕子的模样，用杨柳条串起来，插在门上，为的是召唤他的灵魂，这东西叫"之推燕"。另外逐渐衍生出来了一些清明的习俗，荡秋千，踏青，扫墓，植树，放风筝，打马球，插柳，蹴鞠。这些体育活动就是为了防止寒食冷餐伤身，踏青就是现在风靡的户外活动——春游，踏青不仅是人们喜欢的生活方式，也是一种认识世界、感受自然的最佳选择。其他的习俗也是人们比较喜欢的运动方式，不仅为了怀念，也为了丰富平淡的生活。

怀念，是一种伤感的情调，挥洒离别泪，亲人的生离死别在这一天尽数上演，死者安息，生者还是要继续生活。介之推被晋文公一把火烧死在山上的树林里，但是留给晋文公的是无尽的怀念和悔恨，留给后人的却是深刻的反省。孔子说："吾日三省吾身，为人谋而不忠乎，与朋友交而不信乎，传不习乎？"这是做人之道亦是处事之道，晋文公用介之推的死来唤醒了他的感恩之心，然介之推用留给民间的清明节来时刻感召对亲人的怀念，这是自我的救赎，也是对亡灵的感怀，扫墓，用一点小小的心意去看看逝去的亲人，进而反省自我，让以后的生活过得更好。

清明节又叫踏青节，每年的四月四日至六日之间，这几天心情亦轻又复杂，在复杂中用春游来舒缓沉闷的心情，各地美景尽揽眼底，去远方，代替另一个世界的亲人看世界，替亡灵完成他们在世时没有完成的心愿。

清明节，魂归故里，燕子归巢，落叶归根。清明纷纷雨，让中华几千年的历史永存。

容我为你画一树春天

我想画一个春天。

春天里有蓝得彻底的天,有沁心的空气,有悦耳动听的鸟鸣,有鲜翠的枝叶,有紫得凛冽、粉得鲜嫩、绿得傲娇、黄得绚烂的鲜花,有清凌凌流动的溪水,有四季分明的春夏秋冬,还有一个,知我、疼我、怜我、惜我的他,让我想起就心生欢喜的那个他。

这个春天,必须要有他参与啊,不然,火候不够,色彩也暗淡了几分。

忒少了情意。

我想画一个春天。

春天里有鸡零狗碎的日常,有爱说三道四的相邻,有做也做不完的家务,有扫也扫不干净的庭院,有三三两两要零食吃的孩童,有总爱唠叨的长辈,有仿佛永远处理不完的琐事,还有会做美食的他。那个甘愿为我进厨房的他,变魔术似的,不消多久,一桌爱吃的饭菜就出现了。

满满的都是爱啊。

117

我想画一个春天。

这个春天，非常狭窄，窄得只能容得下我和他。每日清晨醒来第一眼看到的就是他的单眼皮，柔柔软软的双唇，茂盛的又不敢生长的络腮胡。

听到他均匀安详的鼻息声，听到他对我说：亲爱的，早安。然后送我一枚满含深情的吻。

穿戴一定是彼此为各自精心的搭配，因为只有彼此才懂得彼此的美。

早餐简单随意却不少温度，哪怕是一盘咸菜，也成了春天最美的点缀。

早晨的时光，静谧，清净，我捧一卷书，他捧一卷书，放着舒心的轻音乐，时光随着文字飞舞跳跃，不论魏晋。日子像是长了翅膀的天使，在彼此的眼睛里藏着深深的暖意。

精神食粮的富足让彼此更为珍爱，光阴缓慢，留不住的岁月在蹉跎着。彼此深深地懂得一个道理：偌大的世界，亿万人群，偏偏只爱你，这是最为珍贵和不易的缘分，一日比一日更爱惜着彼此，把日子过老了，过清浅了。

这是彼此的福祉。

午饭，是两人最为讲究的，荤素搭配，营养均衡。不光爱你，也爱更为健康的你。为了准备精致的午餐，两个人手牵着手，一路走一路说笑着，去附近的菜市场购买新鲜的蔬菜。其间，与小商小贩讨价还价，遇到爱说的，便驻足聊上几句，浓浓的烟火气儿。

下午的光阴慵懒静谧，适合独处。彼此一定会为彼此腾出独处的时间，交予身心，做自己的事情，互不打扰，直到夜幕降临。

生活需要留白，人与人之间的相处亦是如此。

星光闪烁的夜晚，适合说悄悄话。两人四目相顾，说些内心柔软的话语。这柔软仿佛把黑夜揉进了心里，心灵的默契为这段感情加温，肢体代替了所有语言。

我想画一个春天。

这个春天没有别离,没有冷热交替,没有疼痛,有的都是爱意和温暖。

这样的春天需要彼此用力去缔造,需要心的感应和附和。只有满怀深情才会无悔付出,只有无悔付出,爱才能倾囊呈现。

那么,就容我为你画一幅这样的春天吧。

上元灯如昼

过完春节,最令人期盼的应该就是上元节了,吃汤圆、猜灯谜、逛花灯、放烟花等。

欢欣鼓舞的要数孩子们了,早早去集市上买来花灯放在家里,等着这天傍晚降临的时候出来挑灯笼。只要家里有小孩的,那是一定会打灯笼的,甚至还在襁褓中的婴儿也是要出来挑灯笼的,在大人的陪伴下,孩子的皮肤粉嫩嫩的像是刚绽放的喇叭花,热闹极了又羞涩极了。

现在的街市上灯笼样式繁多,走马观花似的,目不暇接,有时候会根据当时的卡通动漫制成灯笼吸引孩子的眼球,有光头强灯笼,喜羊羊灯笼,大白灯笼……

在我的记忆深处,每到上元节我都会和姐姐一起找来几个白萝卜,用小刀挖空,放上蜡烛,一头插上一根筷子,小船似的,放在水里会浮上来。灯笼制成了,就开始等待夜晚的到来,那时候最耐不住性子了,满心欢喜地盯着灯笼,每过一会儿就跑去问母亲几点了,直到母亲被问得烦躁,丢过来一句,问老天爷吧,让老天爷快些把黑布放下来,你们就可以去挑灯笼了。

　　那时候不喜欢集市上的灯笼，总觉得装上电池的灯笼是冷冰冰的，没有自己制造的有温度，挑着自己的灯笼就像是在挑着希望，闪烁的油灯照映出来的面庞是圆润的月亮，越观赏心情越舒坦，咧开嘴笑的时候会露出缺了的牙。按照习俗第二天就要把精心制造的灯笼摔坏，即使如此，仍希望它的光最亮，最美。

　　上元节比春节似乎更加热闹，在家乡会放烟花，整夜地放。家乡的人最爱热闹，吃过汤圆都出来站在家门口等待着邻居放烟花，谁家放的多意味着那家的生活过得如意。不过令我记忆尤深的是田野以外的地方，烟花正好没过头顶，一声接一声地炸裂，宛如一朵接着一朵争相开放的百花，颜色之多、之美，绚烂于天空，寂灭于天空。

　　这晚的月亮是暗淡的，输给了烟花的绚烂。

　　有人说烟花是寂寞的，也是冷清的，"高处不胜寒"，很多人都会把烟花比作孤寂的女子。我想正是因为烟花是属于天空的，最美的事物只能远远观望，永远无法靠近、得到，便在人们心中留下遗憾，便说烟花是冷的，是不通人情的。其实烟花是多么世俗啊，火热的开放，只是为了在人间留下最美好的一面，告诉世人，我深深地爱着你们。烟花用这种方式拥抱世界，拥抱世上的每个人。

　　家乡的上元节是告别新年的仪式，汤圆寄托着来年团圆的希望。如今我身处异乡，没有热情的烟花，也不见灯笼握在小孩子的手里，看到笑靥如花的脸庞，反而更加怀念家乡的节日。在家乡，不管是哪个节日都会有最温情的亲人陪伴。

　　上元节也就是元宵节，我更喜欢称它为上元节。上元多像一位轻灵的女子，有着过人的智慧，谈吐不凡，骨子里都是不服输的，然而又谦卑地把头低到尘埃里去，过着悠然的生活，笑对人生。

桃月素心帖

今日微风如醺,阳光温暖如被,轻轻翻阅几页欧·亨利的文章,突然被这句话打动,"一位细瘦异常还得身手不凡的人,仰仗多次的快速拼接,才可能对自己的形体有个大致上不错的印象"。对主人公黛拉的动作描写让我感悟到:不论做什么事情,熟能生巧是一个过程,其间还需要伴随细微的观察和留心学习,才有可能把一件事做到称心如意。

不禁想起了你前几日眉头紧锁的愁容,我清晰地记得你说了四个字"生不逢时",话音落,你转过头久久望向那被钢筋混凝土遮挡着的远方。

热爱旅行,向往诗和远方及一切美好事物的你颇令我欣赏,遂此,听到你平静地向我诉说之后,我的上空出现了巨大的轰鸣,心情随之杂糅了起来。要知道,你在我的印象里可是乐观向上、尤爱露出你那整齐的八颗牙齿的人,它们像冬日的骄阳、春日的迎春花,带给旁人温暖和包容。

刹那,我明白了一个道理:欢欣和愉悦必与悲愁和苦闷相倚。

由此,我认定你一定有许多的难结和不愿披露的心事。不过,你愿在一个月明星稀的晚上，就着皎洁的月光向我诉说些许，内心欣慰之余，亦想把心中真切的想法告知于你。每个时代有它的悲喜欢忧，这是时势所造。然，人之一生，不论身处何时何地，都是为自身所活，不然，怎会有张岱的不事科举、喜清雅幽静，怎会有乱世英雄辈出？如现代而言，虽有城市的急管繁弦，但也有众人羡慕的自在逸致的生活方式——或隐居于幽静一隅，或洒脱于各地的景致花香。

皆由心之所趋。

这时候，选择，成了晴天之前的浓雾。

被月光倾泻微醉的你，困在大而宽阔的多岔路口，各路的鸣笛声使你眩晕，前后左右不停跳闪的红绿灯让你亦进亦退。似乎不知道如何独善其身才不会受到危险的侵害。然而，待在原地，久而久之，身体除了被蒙上一层厚厚的浮尘之外，只是孑然一身。

面对你的"四面楚歌"，我心有余而力不足，你的人生我不能设限，只能把自认为妥帖的方式表达出来，希望对你是一种参考。

面对你略空洞的目光，我看到了一丝丝渴求。我疼惜着这渴求，让你反向询问内心，倾听内心的答案。把愁结和阻限一一罗列，然后再一一攻陷，毕竟今日比昨日多获得一点进步亦是人生很大的成功。有句话说得好，"不积跬步，无以至千里；不积小流，无以成江海"。也与欧·亨利对黛拉的动作描写"一位细瘦异常还得身手不凡的人，仰仗多次的快速拼接，才可能对自己的形体有个大致上不错的印象"相呼应。

听后，你说，旅行会对其缓解。去远方，去一个期盼已久的地方，票都已经买好了，只待出发。正好春已莅临，樱花、梨花、桃花、杏花开得烂漫，多与花交流，亲近它们，或许会有一番新的感悟，莫不是一件好事。毕竟，心需要时时调理和修整。

不过，如我这般热爱书籍的你，一定不会忘记带一本书，希望那本书会是《傅雷家书》，或是泰戈尔的《飞鸟集》。

愿这番素心可以向简，愿桃月未去你心已归，莫辜负了好光阴。

走进植物园

轻轻地，我拥抱你，就像你拥抱我一样。走进你，我觉得所有的一切都不重要了。伴着夕阳无限好，你有一种姿态，安然且美好。

"夕阳无限好，只是近黄昏"，此刻放在这里再恰当不过了，傍晚来到植物园，另一种安静的美更让人难以忘怀。那种伴着昏晕的美，若即若离，让人更抓不到它的真实，等你的好奇心足够大的时候，它又"千呼万唤始出来，犹抱琵琶半遮面"地骚人心扉。如果这么静静地站几分钟，伸开双臂，你会感觉心胸变得从未有过的宽广，世俗的烦扰和忧愁顷刻间就被蒸发掉。没有"只恐双溪舴艋舟，载不动，许多愁"的愁重；也没有"抽刀断水水更流，举杯消愁愁更愁"的愁深；更没有李景"多少泪珠何限恨，倚栏干"的愁烦……有的只是无限的喜爱，一步一回头的不舍。

吹着凉爽的风，我亦步亦趋地往里走。未见其花、先闻其香的便是桃花。姹紫嫣红开遍，满地都是浓浓的爱恋。我出神地看着它们，不由得想到了孙悟空大闹天宫，不知道他在蟠桃会上糟蹋了多少仙桃。"他年我若为青帝，报与桃花一处开"，古往今来，人间自有真情在，人间自有真善美。擦亮眼睛，在春天这个多情的季节，寻找真和美的足迹。

　　古人自视有竹方为雅居，雅居之舍必有竹的影子。也许是因为竹象征着虚怀若谷，气节高尚吧。"宁可食无肉，不可居无竹"，宋代文人苏东坡如是说。然而，我更喜欢竹"千磨万击还坚劲，任尔东西南北风"的气节，它的傲骨堪比临雪而开的梅花。忽地，我想到了现实中残酷的竞争，何不抱着竹的不屈不挠在生活中勇往直前呢？

　　一簇簇花期正盛、叫不出名字的小花在芙蓉桥上快乐地喧闹着，落落大方地对着你微笑。梦溪亭，李清照的愁思是否还在继续？象湖映着微光在跳舞，人们坐上船与之共舞。水生植物在茁壮地成长，对着春天发出希望的宣告。那座木兰桥，那座岩石园，那个卵石滩……这些美，美得十分不真切，就像在梦中。如果真是一场梦，我情愿不要醒来。这个梦给予了我太多的心理安慰，让我的心灵在此得到升华，让我重新审视人生百态。

　　夜幕终于很听话地循着自然的脚步落了下来。此刻，我不得不离开，就像人生没有不散的宴席，曲尽人散皆正常。可我的心潮仍在澎湃，我的思绪仍在飘飞，想着那些绚烂的花朵，那些可爱的笑脸，那些唯美的景观。我想，这大概就是大自然的魅力吧，让我不知不觉间忘乎所以，乘着大自然的翅膀翱翔。

　　直至现在，对植物园仍在留恋。隔夜情更浓，愈相思，愈迷恋。走进植物园，就像走进了人生的另一个天堂；走进植物园，就像遇见了另一个似假还真的自己；走进植物园，也许在思考人生的问题上我会有更多的收获。

第四辑　温柔以待

爱无言

大年初六是迎财神的日子，家家户户老早就在院子里放鞭炮。凌晨一过，鞭炮声开始"噼里啪啦"地由远及近传来，在家乡，这被俗称为"抢财神"。

凌晨四点，我伴着稀疏的鞭炮声醒来，坐在床上开始翻阅早前购买的书籍，不一会儿，听到父亲在院子里踱步的声音，随后听到母亲在屋里传出对父亲小声的叮嘱声，"放鞭炮之前给渊源说一声，她害怕鞭炮声，上次放鞭炮都把她吓着了。"

新年那天，由于家里放闪门炮，"砰"的一声惊醒了还在熟睡中的我，被这声音惊得有些胆战，白天和母亲闲聊说了这事，没想到她便记住了。

父亲一切准备就绪之后，蹑手蹑脚地推开我的卧室门，打算轻轻叫醒我，提醒我要放鞭炮了，要我提前捂住耳朵。当父亲打开卧室门却看到我正捧着一本书专心阅读，不觉在门口一怔，然后告诉我要放鞭炮了。

我堵着耳朵，此时周边此起彼伏的鞭炮声却成了轻柔的音符，与书中的文字共舞。心里的暖意顿时涌上来。

父母都是极疼爱我的，从小如是。

我是家里最小的孩子，不论是玩具还是零食，他们都要让着我，每次都要让我先挑选。有次姐姐不乐意了，对母亲告状："凭什么事事都要让着她。"说完夺走了我手里的小白兔玩具。我坐在地上"哇"的一声哭了起来，母亲见状，训斥了姐姐一顿，"你是姐姐的，要学会让着妹妹。"说完，让姐姐把玩具还给了我。还有一次，我偷穿了姐姐最爱的连衣裙，姐姐发现之后非常生气，和我大吵了一架，而我被母亲庇佑惯了，因此，对付她的办法就是"一哭二闹三上吊"，最后姐姐也无辙，只得妥协，把裙子让给我穿。现在偶尔和母亲提及小时候的事情，母亲都会笑着说，"给你的爱是你们姊妹三个最多的，对你姐姐比较少了，对她真是亏欠着呢。"

上学的时候，我的成绩在班里是中等水平，但我是个热爱学习，积极性很高的学生。在我三年级之前，学校还需要交学费，我都要最先交上去。买学习资料也是，只要老师指定的学习资料，我必定立刻去买，父亲颇为支持我，只要我要求的，父亲会把我这件事放在首位，当天给我买回来，母亲还为此数落了一番父亲，说父亲对我太溺爱，父亲说，学习的事情可不能耽误。

如今长大了，学业上没有获得一番成就，倒是迷恋上了写作。写作的时候，我是喜静的。在家里待着的时日，母亲会在晚饭后来到我的房间说会儿话，时间不久，母亲就会起身离开。母亲知道我有这个"洁癖"，走之前会轻轻地帮我带上门，嘱咐我早些休息。她不明白什么是写作，她只明白要好好地保护我的喜好。对她来说，我喜欢的就是她最爱的。

上大学的时候，母亲每次都会在我回家的前两天把我卧室的被子晒晒，铺好，在我离开家的时候，偷偷地在我的行李箱里塞上几张钱。父亲总会在送我去车站之前嘱咐我别忘记东西，手机、充电器、钱包、要带的书等。现在母亲知道我工作忙，总会在晚上她睡前给我发微信语音，提醒我要注意休息，别太拼命，末了，问我一句，什么时候回家。她知道我喜欢吃她包的饺子，我曾告诉她，母亲包的饺子里有爱的味道，她便记住了，每次在我回家的时候，她都提前准备好饺子馅儿，等我回去包给我吃。

父母的爱总是无声且细碎的，不着痕迹，又处处环绕着你。他们的爱从来不会像情侣之间那样直白地表露出来，他们只会在日常中用行为细心地呵护着你。

这无言的爱，让我舍不得破坏。

病来如山倒

常听大人们说，再怎么富裕也是不能生病的，一旦病了就什么都没有了。半辈子挣的钱哪能经得住医药费的花销，进行手术前，穿金戴银，几场手术下来，不仅身材消瘦，钱袋也扁扁的。穷人更不能生病了，本来生活都拮据得很，碰到个要人命的疾病，不说倾家荡产，最起码蛇一样脱层皮。

病来如山倒。

真不是危言耸听。

在我很小的时候，我的二叔已经有十几年没有回家了。我的爷爷因为思念二叔患上了恶疾，整日躺在床上，眼睛望着门外，期盼着二叔能够回来。

这是母亲给我讲的，我从来没有见过我的爷爷。看着堂屋上挂着的爷爷的照片，只能凭着他慈祥的面庞来想象他在世时的模样。

在我妈妈刚嫁到这里的时候，爷爷可谓是家里的顶梁柱，地里的庄稼全靠爷爷完成，家里的琐碎也是爷爷一个人打理。邻居有什么事解决不了也都会来找他，爷爷东奔西跑，一刻也不闲着。我奶奶当时是地主家的女儿，娇生惯养，爷爷疼她，不舍得让她劳累。爷爷疼老婆的事很快在村里传开了，都夸奶奶嫁了个好人家。

那几年光景家里的生活比上不足比下有余，还算是舒适。

可就在二叔出外奔波好几年的时候，一天早晨，爷爷突然病倒了。这一病就没再站起来，邻居都说，爷爷是心病，二叔啥时候回来，啥时候病就好了。可是作为大儿子——我的爸爸，怎么能看到爷爷这么病下去呢。他背着爷爷到处看病，什么偏方，什么神药都试过就是不见效，爷爷一天天消瘦下去，爸爸也一天天跟着消瘦。

突然之间，天像是塌了下来，家里柴米油盐成了问题。为此，家里也负债累累，走在路上，邻居们像是躲瘟疫似的躲着父母，生怕我父母向他们借钱。家里太穷了，穷得揭不开锅，怕借了钱打水漂，还不上。

直到爷爷去世很多年，家里还处在还债的状态。

如今医院有社保，有各种补贴，不再像我爷爷那个时代看不起病、抓不起药了。社会的快速发展，确实缓解了医院与患者之间的紧张关系。但是，疾病对每个人来说仍然是摧毁性的。这两年，猝死的人群逐渐增多。明明好好的一个人，还在走路，还在说话，心脏还在跳动，下一秒可能会突然间死亡。对于生命，人类一直是敬畏的状态，人类小心翼翼、慎之又慎的同时也敌不过疾病的弹指挥手间的轻轻一用力。

另外对于经济方面，疾病像是个花钱的无底洞，不满足、不妥协，一直持对立的状态。毕竟中产阶级的人占绝大多数，疾病还是加重了肩上的重担。

在我上学期间，特别恐惧疾病，哪怕是一次感冒。在大城市，本就生活费不多的我，看病简直像是对钱袋的一次洗礼。很不幸，有次患上流行性感冒，高烧。舍友陪着我去医院，一个上午在医院，挂号，排队，检查，拿药，头晕晕乎乎，神智迷迷糊糊，一结算，好几百块。瞬间我就清醒了,感冒不治自愈。

心在淌血。山倒了,不光健康这座山倒了,连经济这座山也瞬间塌陷了。

一个月仔细算下来,若不生病,我用袋中的钱可以吃到喜欢吃的东西,买到喜欢看的书,穿上喜欢的衣服,出去领略到不同的风景。可是,一次小小的疾病不但剥夺了我这些美好的东西,还让我因此面黄肌瘦,身体轻飘飘的,脚下走路如入云端,整个人萎靡不振好几天。如果要是碰到严重的疾病,那还不半辈子都要折在这上面了?

我能感受到当年爸爸为了给爷爷看病再加上还债所受的罪了。如今,生活质量在逐渐提高,人们的生活方式也在不断地发生变化,从以前的有钱大吃大喝,到后来追求有品质的生活,人们愈加地意识到健康的重要性。

疾病与死亡相同。唯一的区别是,疾病是在你体验的过程中领悟到生命赤裸裸来赤裸裸走,不带走一片云彩;而死亡是前人的终结给予后人的警示。

藏在泥土里的爱

父亲的皮肤黝黑,独属于庄稼人的那种渗着油亮的黑,在太阳底下,愈发的晶莹。但是父亲的性格是极其内敛的,他做事总是一声不响,连同他对子女的爱。母亲经常在懒洋洋的午后,搬个小凳子,和我们一起坐在大门口消磨午后的时光。这个时候,母亲总会对我们说,长大了要对你们父亲好,要疼他。

我总是应和着点头。母亲开始接着说,仿佛在讲一个遥远的故事。

虽然我是个女娃,但是父亲并不失望,在三个孩子当中,好像反而偏爱我多一些。那时候家里有个老字典,特别厚重,边角有些发霉。我出生后,父亲把老字典来来回回翻了好几遍,最后终于定下来现在这个名字。母亲当时还和父亲计较,觉得老大老二的名字都是随便起的,轮到老三了却要这么绞尽脑汁,父亲不置可否。

我和父亲长得极像,宽大饱满的额头,参差不齐的牙齿,鼻子向上高挺着,鼻孔很大,浓密的鼻毛乍一看像是两孔杂草丛生的山洞。邻居都说,看到我就知道父亲长什么样子了。

父亲其实是很聪明的，又好学，他上学的时候家里穷得揭不开锅，他便放弃了学业。学无所成是父亲一生的遗憾。于是，他把这个宏愿放在了我的身上，特别关心我的学习，只要任何和学习有关的花销，他都不假思索地答应。

　　有段时间，村里经常有人骑着自行车，后面放着一个箱子卖牛奶。村里有人说牛奶有特别神奇的功效，偏瘦的孩子喝了能变胖，营养不良的孩子喝了能补充本身缺失的营养，最重要的是孩子喝了会更加聪明。最后一个优点钻进了父亲的耳朵里，他当即买了七八袋，回家一个劲儿对母亲说："这牛奶喝了对渊源好。"母亲被父亲的奢侈气坏了，硬逼着父亲退了回去。

　　没过多久，那种牛奶就再也没有在村里出现过。

　　我与父亲极少交流，尤其到了初中以后，我们中间仿佛隔了一条宽阔的河流。每次回家见到父亲叫他一声，直到第二天，交集只有那一声称呼。有一天，有个男生来找我玩，当晚我被母亲拉到一边，小声地对我说，以后别和男孩子走这么近，这是你爸让我给你说的。我嘟着嘴心想，大人的世界总是那么奇怪，也觉得父亲不了解我。青春期有些叛逆，越反对的事情越能勾起兴趣。我早恋了，这件事情在学校闹得沸沸扬扬。学校通知了家长，当我打开办公室门的那一刻，我清晰地看到了父亲眼里装满了失望、惊恐、不可思议，还有隐隐的担忧。

　　那次是我和父亲这么些年来，唯一的一次争吵。我说的话句句带刺，句句像刀子一样在剜他的心，可是我觉得力道还不够，还要更狠些更深些。

　　我们僵持到深夜，他突然间像是缺水的麦苗，耷拉着身子，手放在大腿上做支撑，以免整个身子瘫软下来。从灯光映射的侧面，我看到了他无比臃肿的眼袋，像是面对濒临绝望的深渊，拼命挣扎着寻找救命稻草。但是越挣扎越会加速下降，离那个深不见底的沟壑越近。

他悔恨教女无方，我满腔抱怨委屈。

这一场战争的爆发，让我和父亲的关系冰山似的僵硬、寒冷。时间久了，这件事情也就不了了之，谁也不提，父亲怕和我再起冲突。

暑假毕业那天，突然下起了大雨，很多同学都没有带伞。我不抱希望，往常再大的雨都是自己想办法回家的。正当我拿起书包举到头顶准备狂奔的时候，突然听到有人喊我的名字。是我的父亲，他打着一把黑色的布伞，递给我一把七色彩虹的折叠伞。

我问他："你怎么会来送伞呢？平时不都是教我要自立自强。"语气里带着责备和不屑。父亲一边帮我撑伞一边轻描淡写地回复我："我不来送伞，你肯定又要在背地里哭了。"每逢下雨天，很多同学都有父母陪伴着照顾着，我心里羡慕得要把眼泪挤出来。没想到这一切父亲全都知晓，都洞察在他有些浑浊的眼睛里。

那一刻我才真正地认识父亲，认识到天下父母一般心。眼前这个一辈子埋在泥土里的父亲，是多么关心我，他心细如丝，对我的成长了如指掌。而在我成长的过程中，他一直把爱深深地藏在自己锄头下的一亩三分地里。

从觉醒到重生

时间经久,每个人都在时间的光合作用下悄无声息,潜移默化地发生着蜕变,或平淡,或华丽。过程往往总是美好且难忘的,像一首唯美的诗。

觉醒是历练,重生是感悟。

时隔半年,我又来听廖老师的课,心情是与以往不同的欣喜,感触也是最多最大的。

我有一种深深的自责,谴责自己一直在浪费着时间,却还一直觉得自己规划得有条不紊。大学三年,只有半个学期的时间学习语文。我喜欢语文,更喜欢教授语文课程的廖老师,她有优雅的装扮,甜美的嗓音,还有渊博的知识。

很快,半年语文课时光匆匆过去,还来不及品味就成了人走茶凉的寂寥。我突然间很后悔当初因为自己的懒惰逃了几节语文课,更后悔上课没有好好听讲。

不过还好,我还没有毕业,我还有时间去听廖老师在视觉传达艺设计专业上的语文课。

廖老师的授课方式新颖、独特，像是在听一场讲座，讲座的方式似乎更多了一些庄重感。第一个讲座的主题是《从觉醒到重生》，像是一个脱胎换骨的过程，破茧重生，洗涤灵魂。

这次，我学会了记笔记，一本正经。从文化到信仰，从文化的辉煌到没落。我聚精会神地听，认认真真地在本子上写。

"生存，是活着存在，是人的本能。文化，就是表述。"听到这句话，我震撼了，对于一个作家来说，生存不就是写作吗？把内心的语言以文字的形式表述出来那就是文化。

听得一时入了迷没有跟上节奏，回过神来，廖老师已经讲到旅行和美食。今年，我迷恋上了旅行，总渴望着有一次孑然一身去远方旅行，放眼看看这个世界，感受自然的神奇与美妙。

在课堂上，廖老师坦言自己热爱美食，爱自己琢磨着做些好吃的。她说在旅行中一定要品尝品尝当地的特色菜，要不然真的是白去了。

听她的课，真的是一种享受啊，扩大视野的同时也增长了不少知识，我陶醉其中。

我看到班里的同学们都听得全神贯注，仿佛自己就在美丽的野外春游，伶仃的水声，婉转的鸟鸣，青翠欲滴的灌木丛，小动物们在里面玩耍、嬉戏、打闹。时不时微风像个温柔的小姑娘来打招呼，象牙白的小花在草丛间尽情地舞蹈，气球飞得到处都是，空气中散发着淡淡的清香。

时间总是在很投入的时候加快步伐往前跑，很快下课了，美好暂时告一段落。从没有任何时候像现在这样感觉语文课的珍贵，时间像蜡烛，看着有那么长的一段，也很快就燃完了。蜡烛有很多，但是再也找不到同样的一根了。

语文课有廖老师倾注的心思为种，然后在课堂上生根发芽，最后绚烂地绽放。从视觉到听觉，感觉，触觉，多重合一呈现出来的是不一样的效果。新的学期，需要以一个新的姿态面对自己，审视自己的内心，觉醒之后获得重生。

从觉醒到重生，一个国家，一个民族是个颠覆性的改变，全新的面貌必然是干净，清新得像雨后的空气。

觉醒，必然自强；重生，则会强大，于人，于物，竟是同一个道理。凤凰涅槃，浴火重生，由内到外，都是新的。

感恩大学　带我走向远方

让我重新燃起对文学的热爱之情的，是大学的图书馆。入学报到之后，我就发现了这个好地方，藏身在一排排的书架之中，我越来越感觉到知识的匮乏，也让我找到了写作时经常词不达意的缘由。那个时候的我像是饥渴的树苗，急切地、拼命地往深处扎根寻找水源，去图书馆看的书多了，总想提笔把在脑海中翻滚的想法付诸笔端，于是校报上经常见到我的一些不成熟的文字。真正在写作上给我巨大勇气的，是我的大学语文老师廖老师，一次偶然的机会，她见到了我发表在校报上的一篇文章，于是就找我聊天。她说，写作这条路漫长而艰难，一旦选择就要承受心理和精神上的巨大压力。我当然明白这条路的艰难，但我清晰地记得自己当时的回答：我不怕！

记得《朗读者》中董卿说过一句话："当你下定决心做一件事情的时候，全世界都会来帮你。"又是一次偶然，我接到图书馆馆长打错的电话，就有了我和馆长之间的师生缘分，于是就多了很多向他请教问题的机会，每次向他请教之后，我的格局都在慢慢地变大，也是从他那里我明白了，其实许多事情并非想象得那么糟糕。

大二的时候我写下"在毕业前出一本自己的书"的豪言壮语，没想到最后真的实现了。整理书稿的时候，我没少去找馆长，每次都会占用他很长的时间，每次他都会耐心地为我解答。我的第一本书《天很蓝 你很好》的散文集，邀请了馆长为我作序，对我来说，这是莫大的荣幸。

在去年四月份学校举办的"勤奋读者"评选活动中，我很幸运地获得特等奖，并作为代表发言。开场之前我一个人在操场上坐了很久，一遍又一遍地练习，最后还是紧张地不敢抬头。

将要毕业的时候，我还收到了校长送给我的一本诗集，扉页上写着送给我的话："做自己乐意做的事情是人生一大幸事，做最好的自己！"这是我收到的最珍贵的毕业礼物，这个礼物是我一生的珍宝。直到现在，毕业一年的我仍在践行着校长送给我的话，仍旧在写作。虽然其中会有低潮，但是人生总是伴随着惊喜，我的文字再一次被出版社看中，能够继续我的文学创作。

回想我的大学时光，我的生活除了看书写作之外，朋友屈指可数，因为大部分的时间我都献给了图书馆和写作。与此同时，我遇到了许多帮助我坚定写作信念的老师。我很庆幸我来到了中州大学，让我遇到了这么多好老师，如果没有他们，没有我在大学里经历的三年时光的磨砺，我想不会有现在的我。我的大学让我真正懂得写作的意义，懂得做一个坚持自己梦想的人是多么幸福的一件事！虽然现在已经离开了母校，但是我的心从没有一刻和她分别过，母校带给我精神上的信仰和人格上的独立，让我在未来的路途上不会迷茫，并且坚定不移地走下去，走得越来越远。感谢您，我的大学！

回首，已千年
——忆李清照

"藤床纸帐朝眠起。说不尽，无佳思。"秋风瑟瑟，秋雨潇潇。你披一件外衣，踱步在花园湖边，对月抒怀。此时你满怀惆怅，孤寂，如夜的黑，弥漫整个夜空。

一绾如云青丝，仍遮不住你失落的眼眸。一滴泪，一段情，一世缘，世代牵。"花自飘零，水自流。一种相思，两处闲愁。此情无计可消除，才下眉头，却上心头。"你的愁比天高似海深，或许下一刻赵明诚忽然出现在你的眼前，你眉梢的层层愁云会不会立刻烟消云散，喜笑颜开？一度春晓笑未了，笑后增愁愁更愁。

烛火在眼前跳跃，透过烛火你想起了"卖花担上，买得一枝春欲放。泪染轻匀，犹带丹霞晓露痕。怕郎猜到，奴面不如花面好。云鬓斜簪，徒要教郎比并看"。如水般柔弱的你，平凡略带小情调的生活，你已满足。日日平凡，日日新奇。笑看淡中奇，心满怀中意。沾露花儿有春意，帘卷微风，吹来阵阵暖人心。二十七年的风花雪月，如梦境般的你不愿醒来，怕一睁眼，只看到白茫茫大地一片，真干净。

斜倚南窗，看到天边飞过一行行大雁，你的落寞之情再一次爬上心头。满腹感伤的李清照，总要经历与别人不一样的人生。一朵开得正盛的花儿，被霜打了一朝又一夕，阳光微照，又看到她开得正灿。云淡风轻，托得帘中人儿睡。

国破之凄，丧夫之痛。捧起一溪清水，你是否也能尝出其中的酸苦来？在一个夜色浓重的时刻，听着落叶的心声，你执笔写下"莫道不销魂，帘卷西风，人比黄花瘦"。谁念西风独自凉，谁知易安心满伤？你的满衣青泪化作梧桐雨——点点愁。

海棠呀，世事动荡不安，局势不稳，可你为何依旧鲜绿，依旧安然快活地生存呢？也罢，也罢，那一泓相思泉，潺潺无尽头。易安，你梳一梳残妆，带着一身世俗的创伤，舍掉手中易逝的黄花，伴着对夫君的浓浓相思之情，完成夫君未完成的伟业。在雁字回时，勤修《金石录》，在梧桐冷雨夜，考撰《漱玉词》，世俗的曲折变幻，你仿佛放下了所有。轻抚《金石录》《漱玉词》，好像夫君就在身边，一同陪你欣赏这月，亮得真洁净。

清新明丽一如你坚强的内心，沉郁感伤一如你不屈的灵魂。命运的花环选择栽到你的头上那刻起，就注定你是光彩照人的。后世的眼中永远呈现，你莞尔一笑断柔肠，媚骨如水浸人心的千娇百媚，却也心事重重的美人娇妻。

宋代，一条多彩的丝带。繁华谢幕之时，灯火又聚在一起。丝带翻飞，秀出宋词的婉约悠扬。你的一溪落花漫汀州，流离苦，终得休。

素月寄孤舟，只影随风流，你折柳画情。风飞过宋代，飘过时空，穿过窗户，流进我室，你离愁气息正浓。翻开宋词品味你诗，千年愁绪随烟溢满我屋。才发觉，你已深陷孤独，愁寞已千年。

结　婚

一提到结婚这两个字,脑袋里立刻浮现的就是婚礼和戒指。两者缺一不可,否则就不完整,会是一辈子的遗憾。

婚礼一定是盛大的,隆重的,鲜花、美酒、花童、亲戚朋友的祝福,当然还要有神父的祷告。新郎新娘一定是相爱的,爱到骨髓里,然后携手走下去,从青葱岁月到垂暮之年,不离不弃。

是的,婚礼是爱情的延续,也只有爱情才会让人如此坚定。紫藤花盛开,青翠欲滴,蓓蕾初开,正当正好年纪遇到你,一见倾心,蝴蝶般,飞到心里飞不出来了。舍不得转身,因为一转身,眼睛就看不到你了,这怎么能成,一定要时时刻刻都要见到你,眼睛里、嘴巴里、空气里都是你,你的味道,你的样子,绝不能少的。

脸红得像是树上结的滴溜溜红的大枣,羞答答地掩着面,好了,就这样认定你了,一辈子也别想逃出我的心房了。

有情人终成眷属,牵手去婚姻的殿堂吧。郎才女貌,身材正好,婀娜多姿,仿佛就是为婚纱而生的,每一款都穿出了不同风情,像是严歌苓笔下的《白蛇》，水一般灵动，会放电似的。再也不是青涩少年了，有了味道，丰满了，全身上下韵味十足，像是灌汤包，轻轻一咬，汁水直流。

婚礼是见证爱情的摄影机，把这一刻刻在了时间的轴轮上。

在爱情里，仿佛只要结了婚，办了婚礼，这份爱情才算完整，才把心定了下来。

结婚之前先要求婚，要有钻戒，几克拉并不重要，关键看是否有诚意。既然爱你，还在乎钻戒的大小嘛，哪怕是以草为戒指，那也是挡也挡不住的幸福啊。

求婚是最浪漫的一件事情了，比恋爱中的请客吃饭更让人动容。电影《咱们结婚吧》里面凌霄在飞机上跟顾小蕾求婚，他说，"我害怕有别的男人牵起你的手，给你戴上婚戒，我不想给任何人这样的机会，真正的勇气，就是这样牵着你的手，走完我们的余生。"多霸道，多煽情，多有男人味啊。求婚不需要甜言蜜语，只需要一颗真心便好。

有时候结婚就非要用跪地求婚这种方式吗？有爱情不就行了，问，爱我吗，爱的话就跟我走，不爱就好聚好散，干脆利索，不拖泥带水。

可是有时候结婚并不是源于爱，结婚的对象并不是所爱之人，《平凡的世界》里孙少安所娶，田润叶所嫁之人都不是自己爱的人，他们的婚姻是迫不得已，情不由衷。古代的王昭君出塞，远嫁匈奴，皆不由情，飞沙漫天，迷了泪眼。

这样的婚姻是悲苦的，像是在寒冷的冬天被迫往肚子里灌冰水，要人命呐，就像余华的《许三观卖血记》，在雪花漫天的时候，拿着破瓷碗，舀河里带冰的水喝，只为了卖血救儿的命，差点把自己的命卖没了。

这种方式缔结的婚姻，非苦即寒啊。这寒，如晚上稍不留神被狼狗叼了心去，再也不知道温暖是怎样的感受了。

现在的婚姻主张的是自由恋爱，双方只要你情我愿，一拍即合，那

145

么这场婚事八九不离十了。在我父母那一代，还是遵循父母之命媒妁之言，最重要的还是门当户对，门第观念深入人心，在人们的心底深深地扎了根。

封建像是一个大麻袋，把所有人都包在里面，连呼吸都透着残羹剩菜的腐烂味，刺鼻得很。

结婚之后，便是夫妻了，恩恩爱爱，相敬如宾，从此以后再也免不了油盐酱醋的生活了，妯娌之间的家长里短，再也回不到以前自由自在的单身生活了，肩上的责任重大起来。

神父问，你愿意吗？

我愿意。

慢生活

慢是一种情调，更是一种境界，像这个城市市民的日常生活，凡俗庸常，但温暖温情，细水长流。

懂得慢的人，生活过得有条不紊。早晨起床后的第一件事，不是急吼吼地去处理昨天没来得及处理的工作，而是倒一杯清茶，走到窗前看空中云卷云舒，看庭前花开花落，任思想的触角随意延伸。

中餐不似西餐的简单快捷，一杯牛奶一片面包虽然能很快给予身体所需的养分，但似乎缺少了一点儿什么。文火慢熬，慢火炒菜，一碗米粥，一盘鸡蛋，一个馒头，再和家人一起围桌进餐，随意讲些与工作完全没有关联的话。然后再出门去上班，这一天可能都是心情舒畅的。

兢兢业业的工作，认认真真的做事，时间在努力工作中一点点过去。按部就班，不急不躁，拥有一颗平常心，才能将工作做得滴水不漏。回家最好不开车，骑单车或者是挤公交，青春年少的感觉如一棵藤蔓紧紧地缠绕上心头，回家的距离就是思恋亲人的开始。

与人交流中，耐心给予对方肯定的回答，侧耳倾听，慢慢地等着对方把话说完。上帝给了我们两只耳朵一张嘴，就是暗示我们要学会倾听。既然如期赴约，就一定能够腾得出时间来听对方倾诉，不要打断对方的思绪，而是等着对方把所有的情绪都发泄出来后再去安抚，告诉对方问题出在哪里，不满和伤感又该如何排遣。

友谊是在时间的磨合下产生的，一见钟情往往是小说中的情节，而且这样的情节多半经不起推敲。历尽沧桑以后我们才会恍然——衣不如新，人不如旧。

想到从前的所交所识，从同学到朋友，再到闺蜜，从称谓上就轻易地表明了从相识到相契的过程。友谊一定要经历过时间的打磨，才能历久弥新，两个人慢慢地走进彼此的心里，才能够让友爱的种子像一个同心圆，相识，相交，到重合，千万不要快，一快就会像凉了的汤一样变得索然无味。慢慢地走进，慢慢地吸引，你会发现，人的任何情感都会在时间之中沉淀升华，就像陈酿一样，醇香在缓慢的发酵中越来越浓。

活在慢里的人，最了解要留给生活充足的发酵时间。慢，是一种情调，就像一场不期而至的淅沥小雨，随风潜入夜，润物细无声。会生活的人都不会强求，而是慢慢地去等、去品、去悟。

梦间呓语

人们常说白天思虑万千的事情会出现在梦里，还会梦呓。在六人的宿舍里，每到深夜，总会听到室友的呓语，偶尔模糊不清，有时只言片语。我产生兴趣，总会猜测几分。

大学时光，有人奋笔疾书，为了获得更多证书；有人沉溺热爱，创造属于自己的奇迹；有人体验感情的神秘莫测。缘于心，必会内心念念，在落针如钟声的夜里，囿于其心而发其声。那些梦呓像是自问自答，也像是自说自话。不过，从这一点能看出确实是真心啊。一件事情是否潜入心底，这一点足够证明。

一次，室友梦呓，我听得真切的是一句"对不起"，想来更多的是为了感情。也正是那段时间，经常见到舍友与男友在楼下久久不舍离去。绿树成荫，夜色浓重，成排的单车似是真诚的支持者，静待旁边守护一段段情感。热恋里的人最是容易沉溺，容易伤感，同时也容易为琐事误会。正是这样的误会有时会让彼此的情感持续升温，让爱如蜜。平时的争执在所难免，这争执是在乎，是藤蔓缠绕的心思，希望化解，希望包容。可是最后铩羽而归,心里的拧巴郁结于心,想找个突破口,于是,呓语而出。

看待与己无关的感情,洞若观火,反之,则是在围城里的人,想要出去,找不到出口。

听母亲说,我是极爱呓语的。每次回到家,总喜欢挤进母亲的被窝,搂着她睡觉,于是第二天,母亲便会告诉我昨夜我又呓语了。我全没有印象的,问她我说的什么话,母亲则摇头,"听不清,嘴里像含着一大块糖果似的,不过与你搭话,也会回复,与白天无异。"蓦然地感觉有趣,往后这常常变成了清晨我与母亲的第一次交流。

追其根源。许多人在我的文字里经常会看到伤感,告诉我莫要多愁善感。思绪的繁多,困顿事物的叠加,许是我梦间呓语的原因之一。因此,我开始怕与人同床而眠,或者是在一间卧室睡觉,怕我的心思和不想让他人知道的事情在睡梦中不知不觉泄露出去。

推己及人,深夜阅读是全神贯注,偶被梦呓打扰,也如呼吸过的空气,变成了二氧化碳,淡化进空气里,悠尔之间,了无踪迹。

对于梦呓,我一直都认为是神奇的存在,如梦魇一样,仿佛有一个存在于另外一个奇幻国度的自己。那个自己有着变化的魔力,可使自己身轻如燕,可使自己沉重如山,还会走进虚幻的地方,手轻轻一触,便出现在山崖边,出现在云端上,出现在危机四伏的地方。冲击力极强,而又觉得理所当然。

梦魇的时候,自己是有肉体感觉的。遇到危险拼命地挣扎,喉咙里像是堵塞了发不出一点声响,在床上的身体左右摆动,痛苦极了,心中一直有一个信念,一定要醒过来。终于,睁开眼睛,才发现一切相安无事,不过梦魇了而已。

相比较而言,梦呓比梦魇较好一些。在平静无知的状态下完成,全身麻醉似的,这是情感的真情流露,不小心就被别人窥见了心思。

特别是在考试的时候，怕挂科，又疲于复习。吃饭，行走皆很紧张这件事情，在这个期间，常常听到室友的"呓语"，待到下床进洗手间的时候才发现，原来是挑灯夜战。用手机微弱的灯光，照着阅读的内容，蓝光反射到脸上，是凝神专注而又不知疲倦的神情。

梦间呓语，原来是渴望和追求，是人对事对物存在的一种坚忍不拔的毅力。

数一数那些叫思念的羊

记忆中,每次失眠的时候,母亲都会让我在心里默默地数羊,"一只,两只,三只……"数着数着便把睡眠数进了梦乡里。

见数羊效果奇特,于是,数羊也成了我应对困难的唯一方法。上课被罚站,委屈的我在心里默默数羊;朋友不愿意和我一同玩耍,伤心的我躲在一边默默数羊;高考失利,倔强的我在心里默默数羊;长大了被人欺负,咬紧嘴唇的我一只一只数羊……

芦苇荡随风左右摇摆,像在表演一场整齐的拉丁舞,有一只芦苇叶不听话地垂下身子,靠近点儿数湖心荡晕开涟漪的我,"那你从小到大,数了多少只羊了?""把数过的羊身上的雪白羊毛展铺开,能够拼凑出蓝天上的朵朵白云了吧。"我指了指天上缓慢移动的蓝天白云。

"效果像治疗失眠那么明显吗?"被它这么一问,我不觉一怔,头脑像过电影似的把这些年的点点滴滴回忆一遍,好像除了治疗失眠效果显著之外,每次我都会伤心一段时间。

拉丁舞表演正达高潮,吸引了远处结队路过的大雁,它们与之共舞了起来。此时北方将要步入寒冷的冬季，大雁要开始南迁，去往温暖的地方寻找食物。

这个"另类"的芦苇叶伸长了脖子，眼睛放着光芒，似乎在雁群中寻找着什么。过了一会儿，它像是瘪了气的气球，无精打采地耷拉着身子。缓了一会儿之后，它与我并排坐在湖边，我们不约而同地望向远方。

它曾经是一个活泼开朗的叶子，心态阳光，朋友很多。有一年冬季，大雁惯例成群结队地南迁，飞过这片芦苇荡的时候，突然一只幼雁从高空落了下来，正好落在了它的身上。这只雁子由于长时间飞行，还未长成的翅膀的翅根淤积了一块瘀血，脱离了雁群。它看到落单的雁子，长相可爱，毛茸茸的羽毛摸着像绣花枕头，那一刻，它决定要好好照顾这只幼雁。

"另类"带着雁子在湖水边玩耍，教它跳拉丁舞，很快，它们成了好朋友。"另类"给它讲很多有趣的事情，其中就有一些关于人类的事情。有一次，"另类"正在湖边晒太阳，突然听到急促而沉重的脚步声，它站起身看到一个小女孩，手里抱着一只玩具熊，边走边哭，好像有什么伤心事，她一个人待在这里很长时间，直到家长找到她，家长看到她，欣喜若狂地一把抱起了她。听她和大人的对话才知道，原来大人冤枉了小女孩儿偷拿了家里的一百元钱，小女孩委屈，又不知道如何解释，这才离家出走的。

还有一次，一个逃犯为了躲避警察的追赶躲在了这里，但是没过两天，警察就包围了他。他手里拿着枪，为了抗拒警察的追捕，他往四周到处开枪，惊吓了我们的许多兄弟姐妹。不过，天网恢恢疏而不漏，他最终还是被缉拿归案了。

雁子听得入了迷，没想到"另类"懂得那么多，不知不觉对它心生仰慕之情。

时间很快过去，雁子的翅膀逐渐痊愈并且已经长全成熟了。寒冬不

153

等人，雁子注定要南迁，它要跟随最后一拨南迁的雁群走了。

雁子很舍不得"另类"，"另类"也很舍不得雁子。于是，它们约定，等来年春暖花开的时候，再在这里相约。它一定能在雁群中一眼认出雁子来，因为它在雁子的右边脖子上印上了芦苇的印痕。

"从那之后，雁子还来过这里吗？"天边暮色降临，湖水的涟漪出现了粼粼的波光，像是一双双正在眨眼的星星。

"每一年大雁迁飞的时候，我都会在雁群中一只一只地寻找，可是，三年过去了，它再也没有来过。"在每年的周而复始期间，它有一次听到来这里野炊的家庭的谈话，有一位长期失眠的小孩把这个困扰告诉了父母，父母让小孩每天躺在床上数羊，数着数着就会睡着了。它相信雁子是守信用的，它期待着雁子赴约，但期盼的时间漫长又寂寞，它也尝试数羊，但它能识的数不多，只能数到十个之后再重新开始数。

它脑海中的羊从少变多，又从多变少。

暮色终于四合，我和它一起躺在草丛上，远处走来了一只赶羊的老人，挥舞着鞭子。羊的"咩咩"声和着鞭子的"噼啪"声，呈现出一曲独特的晚间曲。我对它说"我们一起数一数真的羊吧"。

所有美好，都皆有缘由

人之一生，总会羡慕，期盼，向往，追求许多东西，而这些在别人眼中或好或坏都无足轻重，只是在心脏的这一小块罅隙里却留下了深深的印痕。

心之所向的事物总是需要付出一番努力才能得到，但是往往还是有许许多多人觉得别人那么美好，为什么轻而易举的过成了所有人想要的生活。把日子过得那么通透，浅淡，自在安稳，在流年里清数时光。

像白落梅，在自己的梅园吟诗作赋，看一场冬日旭阳，赏一处雪园梅景；像雪小禅，在薄情的世界里深情地活着，用喜爱的笔写字，唱唱小曲，听听光阴里的故事，一篇篇文章写成了，禅意浓浓。这样的人，仿佛离我十万八千里，只能在文字的世界里寻觅作者的旧时光。似乎是上帝的宠儿，根本无法想象得美好。

直到遇到李菁，我才知道：上帝是公平的，一碗水端平，你所想要的美好，都皆有缘由。也是一分耕耘一分收获。你想要什么样的生活，就要付出什么样的努力。

在李菁的身上，我深切地感受到了。

去年年初的时候，在学校的图书馆里偶然看到一本书《见素》，名字很新奇，清新淡雅的封面吸引了我的注意，于是翻开看了作者的简介，从此认识了一个名叫李菁的作家。那个时候她的第二本书《当茉遇见莉》已经出版了，这本书被我立刻抱回了宿舍，用了两天的时间看完，于是痴迷上她的文字。

骨子里透着一股韧劲，坚强，倔强，文字灵动，充满能量。特别是她讲到她爱读书，研究生三年读了一屋子的书，然后看到她躺在一地的书上，面带微笑，仿佛盛开的白莲花，安静而美好。

说来也是冥冥之中的一种缘分，我爱读书，在大学的时候基本上大部分的光阴都是在图书馆里度过的，那个时候我的第一本书刚刚出版，而李菁也是在校期间出版自己的第一本书。因了这场缘分，让我与她的心更贴近了，关注她的微博，微信公众号，甚至是她的微信。从一点一滴开始对她了解。

酷爱写作，她像所有大山里的孩子一样，心存希望，而她的希望就是成为作家。于是拼命地看书，写作，家里满墙都是书，被当地政府誉为"书香世家"。她在读书期间有很多的文章发表在报纸、杂志上，也写专栏"吧拉的恬静园"，终于功夫不负有心人，她从丑小鸭变成了白天鹅，也让我遇见了她。

她爱安妮宝贝和雪小禅的文字，参加雪小禅的讲座，那个时候的她留着齐刘海，粉嘟嘟的脸上闪现着宝石蓝般的眼睛。看到她给雪小禅写的留言，写的书信，温暖而感动，这个心思缜密的女孩应该得到上天的眷顾，于是她成了雪小禅老师的学生，主编雪小禅两个微信公众号，禅园听雪、雪小禅，还有自己的吧啦原创文学公众号。它们在李菁的照顾下开出一朵朵惊艳的鲜花，让每一个驻足停留的人都深深地爱上它们，不愿离去。

"如何让你遇见我，在我最美丽的时刻。"在她最美的时候，让雪小禅遇见了李菁，仿佛是自然而然的事情，又仿佛是命中注定的事情。优雅的白天鹅，终于在美丽的瓦尔登湖畔舞出绝美的姿态。

这就够了吗？对一个热爱文字和生活的人来说是远远不够的，摄影才是衔接文字中情感与现实的桥梁。把文字融合进图片中，图片又生发出生命的文字，交相辉映，自成一体。所以，李菁拍摄的图片唯美得让人窒息，只看一眼心跳犹如小鹿乱撞，恋爱般的感觉。

她拍许多人，许多人在她的镜头下活脱的像是从天上飞来的仙女，美得不像话，美得让人嫉妒。她的工笔画的摄影风格更是诠释了什么是美的自由主义，美是虚幻与真实之中而又再生的一种镜像，让自己都惊讶于自己的容颜。像是她的文字，绝处逢生，而又相安无事，矛盾是最好的契合点，这一点只有李菁做得天衣无缝。

她成了雪小禅的御用摄影师，为其设计海报，拍照，新书《惜君如常》的封面雪小禅图像，便是出自于她。

真不愧是湘西灵动女子，才气满满，都要溢了出来，写作、摄影、设计，无往不利。

她说：用摄影来养活我的写作梦。于是，去年她毅然决然地辞去大学老师的工作，回到湘西小镇，开始她的自由写作。许多人百思不得其解，这么好的公职，真是可惜了。可是对于她来说，写作是命，任何事情都不能与写作相提并论。在她的讲座和分享会的时候，这些被她反反复复提到过，我知道，这是她的挚爱，她在一遍又一遍不厌其烦地向世界宣告着自己的决心，自己的坚持，还有自己无悔的追求。

这样努力坚韧的女子，赢得了许多读者的喜爱，不光是文字、摄影，还有她自身温婉的气质，善良的品性。

对于写作，她深有感触，这是一条不归路，艰难、困顿，所以，对于很多热爱写作的人她都非常支持，鼓励，有时候还会向编辑推荐好的稿件，圆写作者出版书籍的梦。

这么善良的女子，世间怎还有二人？

一直在背后默默地看着她，直到有一次机缘巧合，我得到了李菁的留言回复。我们因文字相见，相互交换书籍，她的字非常隽永，像她的人一样。还有，她的娃娃音真是天籁，听着听着整个人都舒坦起来，冬季似乎成了暖冬。

了解李菁像是了解自己一般透彻，在她的身上充满着熠熠光辉。她用自己的努力，从一个不起眼的芸芸众生活成每个人向往的模样，又比任何人活得都洒脱，随性，安然，而且更加努力。

我的大学

记得在我刚进入中州大学的时候,母校正在为升本做精心的准备。

满目皆碧色,绿植在变多。有时候从图书馆出来,走到主道上看到工作人员在松土栽树,种的有法国梧桐、枫树、银杏等,正值春天,绿色使人赏心悦目,身心愉悦。以往湖边周围设置得有歇息的靠椅,后来在东南角修建了一座凉亭,古色古香之味缓慢地散发出来,亭与湖相辅相成,别具一番风味。还有绿茵道上多了一排刻着古诗或名言警句的柱子,轻轻地走进去仿佛闯入了古人的世界,与古人对话,品悟解惑。

校园被装点得恰到好处。

图书馆也相应做了很多改变。书自然在不断地增多,种类包罗万象。借书的方式从人工变成了机器自助,每次借书的数量也比以前有所增多。有一次,放暑假之前,我和几位同我一样爱看书的同学一起去借书,从第一图书库选到第四图书库,搜寻了很多喜欢的书,当时我还有老师的借阅证,与我的加在一起,足足能借二十本书。

这座图书馆确实给了我无以计量的宝贵财富,开拓了我的视野。如果要问我大学最留恋的地方，那非图书馆莫属。

由于学校是和郑州师范学院共用一个大门，左边是师范，右边是中大，而师范的图书馆正对着大门，图书馆前方有喷泉和广场，加上图书馆楼层高，占地面积大，显得气派了许多。不自觉地，很多学生都会拿来比较，一比较，我们学校的图书馆像是一个垂垂老者，气息虚弱了不少。

听老师们讲，几年前，他们经常会去师范的图书馆自习，里面座位多、熄灯晚，可是现在却明令禁止外校的学生进入，这可让我们中大的师生气愤又眼馋。不过在大二的时候，学校兴建了金河校区，位于我所在英才校区的东边。教学楼自是不用多说的，最晃眼的是图书馆，威武气派了很多，对着校门，仿佛在热情地欢迎每一个来到这里的学生，图书馆里楼梯旁还设有沙发。不论是外观还是里面的陈设，都不逊于外校了。

学校经过几年的筹备，水到渠成地荣升本科，也终于拥有了偌大的图书馆，不再眼馋他处，不过我也将要毕业，无缘于此了。

学校升本之后换校名的那段时间，让很多学生有些不舍。在许多人心中，"中州大学"这个名字在无声无息中承载着太多的记忆和深刻的情感。在换校名的牌子之前，每天都能看到一些老师或者是学生和中大校牌合影。在一个烈日骄阳的午后，我穿着白色T恤和它留下了一刻永恒。

一晃，两年过去了。我已毕业一年有余，回想大学的时光，经常是白天阅读、晚上写作，每每会写到很晚。因为喜爱写作，在大学刚开始的时候许多协会在招新人，我选择了播音主持和记者团，在第一轮的选拔中都入了复试。在复试的时候恰巧两个协会同时进行，这就需要取舍了。两个协会皆有不舍，思来想去，最后还是选择了记者团，为了心中早已深埋的期望。

在记者团的光景不长，许是和本身的性格有关，不爱说话，很难融入到集体之中，这样的性格一直延续到现在。离开记者团之后仍旧和校报打交道，写完的文章第一时间投到校报，当看到我的文章刊登在校报上的时候，激动之情无以言表，那时候觉得没有任何事情能比把自己的文字变成铅字更让我开心的事了。

刊登的文章多了，引起了大学语文老师的注意。她是一位优雅、知性的老师，见到她的第一眼我就喜欢上了。于是，和她有了后来的许多交集。

与她初见是在大一下学期的时候，有半年的语文课。当知道所学法律专业也有语文课的时候，特别期待上语文课，遐想着语文老师的模样，是男是女？怎样的性格？会教授怎样的知识？体育课之后，我大汗淋漓地走进教室，看到讲桌后面安静地坐着一位女老师，穿着素简，面带微笑地迎接着学生一个个走进教室。她就是我们的语文老师。美丽极了。

她教课方式别致、新颖，每次上课之前都会用温柔、悠扬的声音让学生把手机收起来。她不提倡学生上课带手机，看到学生上课低头玩手机，她总是像对待孩子一般地告诉学生不要玩手机。她就是把我们当作孩子对待。

特别是对我，她总是很有耐心。她曾不止一次地对我说，文学这条路漫长而艰难，希望我能够坚持下去。她是怕我受苦，怜爱着我，她有一颗慈悲心肠。在我失意的时候，她会教我一些排遣方法和书本上学不到的知识。

她教授给我的知识使我一生受益。

虽然高中因为偏爱语文导致高考成绩不理想，但是自从来到这个大学，我充满着感激和憧憬。这是我文学梦开始的地方，文字变成铅字、写作获得奖项、出版书籍、几次作为学生代表发言，这些美丽的回忆对我来说弥足珍贵。

当然不得不提的还有一位老师，他并不是教授我知识的老师，与他是偶然相识。他就是图书馆的郑馆长,经常给我"开小灶"。在我的书将要出版的那段时间,我有些迷茫,不断地向他请教,最后问题自然都迎刃而解。书籍出版之后,我第二次获得了图书馆举办的"勤奋读者"特等奖,作为代表发言的时候,心中说不出来的感动,像是大雪纷飞的天气里吃了一碗热气腾腾的面条。

师恩难忘,大学与这些优秀的老师结缘是我的福祉。

如今身处社会,我常常会怀念,怀念大学里的那些时光。我的大学,给了我太多的宝藏,让我受益终生。有时候真想永远待在学校里,做一辈子的学生。可是当我拿着印着学校名字的毕业证,才恍然,原来自己早已毕业了。

夏未央，嫁衣红

> 山丹丹花开红艳艳，一片一片都是为的那份痴情，那份尘缘。
> ——题记

悄悄地，你从我的百叶窗前走过，不留痕迹却已吹进了多情人柔软的心房。从此，爱情的种子开始生根发芽，待到那人那时那道古巷长出一树花开，娇滴滴地捧到你面前。此时，你是否懂得这颗百转千回又激动不安的心？

唯美的爱情加入点浪漫的情愫才更加入仙入境，那种无以言表的感受只有身在爱情里的恋人才能有深切的体会。不知道我姐姐的爱情是不是也是这般美好？在姐姐的感情里，我没有完完全全参与其中，但我想也一定是刻骨铭心的，不然姐姐怎么愿意委身下嫁远方呢。

知道了姐姐要结婚的消息，我心里有莫大的欣慰，一方面姐姐终于有了一位可以依靠的男人，在她以后的生活中寄予她最大的宽慰和心灵的呵护；另一方面父母对姐姐的牵挂也终于可以尘埃落定了。姐姐是个邻里公认的好孩子。就如周杰伦唱的"听母亲的话，别让她受伤……"

是的，姐姐从小到大让母亲省不少的心，因为她听话，不调皮。记得母亲对我讲过，姐姐几个月大的时候特别安静，吃了就睡，从不闹人，也不害病。不像我和哥哥，从小就是个闹人精，没有让母亲睡过一个安稳觉。

娘家嫁女儿的时候家里一点都不热闹，冷冷清清。我问母亲为什么，母亲回复我说，"那是因为好不容易养大的女儿，转眼就要成为别人家的人了，就像身上的一块肉，忽然之间就不属于自己了。"母亲说这话的时候语气是哽咽的，她舍不得姐姐。

日子定得匆忙，亲戚朋友因此更加忙碌了起来。婚纱照也是在姐姐出嫁的前一天才看到的。看着这盛大的欢喜，我很感慨，结婚是不容易的，那是从吵吵闹闹的恋爱中一步一步走来的。除了爱情的热情之外，还需要一份包容隐忍的心。

春风不解风情，吹来了夏天的闷燥。

在这个还未央的夏日清晨，姐姐那嫣红的嘴唇和一袭深红的嫁衣，此时，她是天下最美的女人，比每一朵花都要灿烂。我明白姐姐就要去过另一种茶米油盐酱醋都要有一番思量的生活了，那是她的归宿。每一片叶子最终都要有一个栖息地，鸟儿都需要有一个巢遮风避雨，就算春天太浓烈总要归附于夏天的深沉。

一辆辆，一车车，一排排，一声声，在此起彼伏之间精彩地上演，向世界宣布幸福的时刻，那嫁衣的鲜红是姐姐一生回味的经典。锣鼓喧天，鞭炮齐鸣是在遥远的他方——姐姐以后的家。我分明看到了父母有一瞬间的沉默，他们把错综复杂的心情都化为真挚的祝福。

这份爱恋终于在夏未央的时候有了一个完美的落幕，姐姐带着所有人真切的祝福走进了婚姻的殿堂。

最爱那红嫁衣，铺满爱的季节里，那么鲜艳亮眼，集结着万物的精灵，捧抚着最爱那一瞥的温柔，在你经过的百叶窗下印下了爱的烙印，永垂不朽。

相守之后，相聚更难

　　那些匆匆岁月里的点点滴滴最终化为了曲谱线，传唱成动听的歌留在了回忆里。很多的不舍和无奈都包含在那一句再见里，离别席上，每个人都不说话，沉默代替了所有的语言，以后的咫尺天涯全托付这一天的相聚。

　　相聚和别离，欢声和笑语，自古以来都是呈对比的存在。但这恰恰构成了多姿多彩、跌宕起伏的生活。

　　毕业，这两个字，笔画简单，便于书写，可当它从嘴里轻飘飘地说出来的时候，那种五味杂陈的感觉，在面对这个学校、老师、学生的时候尤为强烈。

　　几年的大学时光眨眼而过，在这其中我们收获了知识，能量，自信和友谊。许多人说大学的友谊最珍贵，它的珍贵在于我们曾一起度过许多宝贵的瞬间。一起比赛得奖，考试之前一起泡图书馆直到深夜，一起大清早五点多起床赶公交车去考场，一起摆地摊挣生活费……

　　这些难忘的瞬间是一张张珍贵的照片，储藏在心底里，任凭岁月变迁，物是人非，它依旧完整地存在着。在以后的人生路途中，它是夜晚柔软的月光，是冬天温暖的火炉，是坎坷道路旁盛开的鲜花。

因为有了这些，在以后的日子里才不会孤独。

当然，大学时光是最能改变一个人的。从外表来说，许多人完成了完美颜值逆袭，有些人实现了自己的理想，有些人精神充实、待人良善。

不管是什么样的自己，都是最好的自己。

每天穿过那片林荫道路，历经季节的更替，每天似乎没有什么变化，但是又有着微妙的改变。这种变化是内在的改变。

每天下课后，操场上都会有三三两两运动的学生，还有的学生坐在草坪上，享受着落日余晖的恬静，有的在闲聊，说着体己话。日子在一天天地过去，从没有想过未来是什么模样，以后的自己会经历什么，过着怎样的生活，有的只是对当前每一天做好简单的规划，尽力做好。

那时候多好啊，烦恼离自己远远的，最大的烦恼也不外乎就是考试。但是也会有自己的追求，于我而言，我喜欢写作，每天在阅读大量书籍的同时也会勤奋地写作。

那个时候的写作是生命赐给自己的小确幸，每天守着这一份幸福，日子轻松且欢快。文章登在报纸上，或者是刊登在杂志上的时候，内心欢喜得像个孩子，喜怒哀乐全部都在脸上。也会翘课去听语文课，由此和语文老师成了很好的朋友，每每得到语文老师的指点，真是比吃了蜜还甜。在《朗读者》中，董卿说过一句话，她说，当你真的下定决心做一件事情的时候，全世界都会来帮助你。我平生没有什么宏伟的心愿，远大的理想，有的只是一个能够拿起笔杆的手，每天能够与文字亲近是让人无比欢畅的一件事情。

因此，这份欢畅让我后来有了演讲的机会，对着几百个学生，在学校的阶梯教室里作演讲，心情激动地如小鹿乱撞，可是嘴角在不自觉地上扬。

在这所大学,有很多的老师帮助我,在文学这条路上对我指点迷津。有学校的滋养和老师们的关切,我得以在文学写作上有自己的一点小成就,并且以后仍然坚定不移地热爱它。

大学几年时光恍惚而过,在其中的日子里,有许多令人获益的东西,并且这些东西将会影响我的一生。

但是天下没有不散的筵席,学生时代终将要结束。看着那些还仍稚嫩的脸庞,内心翻涌着还滚烫的回忆。耳朵还没有听够老师们的耳提面命,每天还没有坐够的教室,还没有和室友们闹够的夜晚,图书馆还没有看完的书,还没有向老师提够的问题……都将在接过毕业证的那一刻终止。

看着红色的毕业证,意识到我真的毕业了,今天聚集在学校里的几万学生,以后都将如蒲公英一样,飘散在天涯。而众多的老师,又将迎来新一届学生,他们或许比我们更调皮,更令人头疼,但是,对老师而言,每一届的学生都是老师的唯一,而对学生而言,老师在每个学生心里也是唯一。

毕业之后,不论是学生还是老师,都是彼此相守之后,相聚更难。

阳光晴好

进入大学之前，我对于大学信息的了解主要来源于老师。老师说大学是一个神奇的地方，徜徉、自由、神圣、有无限的可能，于是，在每个人心里形成了一个这样的神秘花园，盛得下万亩花田和千里河流。

不久的以后，带着这样的渴望和期盼我乘上了开往大学的客车。

脸上露出稚嫩而又欣喜的表情的我早已懂得，离开和去往都是一个美好的开始。脸颊仿佛有风，凉飕飕的。

大包小包的行李，像入高中的时候一样，母亲一边帮我整理宿舍床铺，一边在耳旁念叨着要照顾好自己，学会友爱。正说着来了一个新室友，母亲连忙拉着我向她作介绍，让我和她一起去买日用品，一起吃饭。现在多了一个人，父母二人一起陪我去学校报到。也许是行李比较多的缘故，但我看到父母脸上一路上有些凝重的表情，我想我应该知道了是什么原因。

第一次见识到这么多人，有些惧怕。我本就内敛，喜安静、远喧嚣，庞大的人群，男男女女的声音，偶尔夹杂着各个学院的学长学姐接待新生的声音，再加上正当正午酷烈的太阳照射，我有些眩晕。一路上，我和母亲都跟着父亲的脚步前行。

也欢喜，不管命运的齿轮如何地运转，我终究还是来到了大学，一所属于我的大学。当时最流行的一句话大意是：茫茫人海，悠悠岁月，也因错过和遗憾，才让我有机会遇到最好的你。这句心灵鸡汤不知道治愈了多少因为没有考上理想的大学的学生的心灵，不过倒也真的是影响了我。可能真的对美好心存渴望，在又一轮时间轴上，还真的希望能有美妙的事情发生。打开宿舍门的时候，心不自觉地怦怦跳，似乎是因为要见重要的人而心情激动，整了整凌乱的头发，推门而入。有两个人，经过各自礼貌的介绍时知道是两名大三的学姐，一个长发飘飘，笑容甜美；一个齐肩短发，戴着窄边框眼镜，她告诉我临窗的床铺没有人，光线较好，住着会比较舒服。

在收拾的过程中一缕阳光洒在我的床铺上，晶莹透亮，带着光泽。

每一个新生事物的开始都要以忙碌和慌张作为开头，忙碌让我们更加珍惜，慌张是最在乎的表现。因此，一整天父母的汗珠雨一样在身上流淌，事无巨细地为我操办各种事情，我反而像是襁褓中的婴孩儿一样，什么事都不会做，也做不得。有句话"儿行千里母担忧"，在我很小的时候我就明白了，因为母亲经常对我讲哥哥上学的时候，每一次放学之后，邻居家的孩子都回来了，就是迟迟不见哥哥的影子，母亲会站在十字路口对着学校的方向等着他回来。所有安排妥当，在父母转身离开的时候，他们不舍的背影在今天想来也是无限的浓稠，像是漆黑的夜色，化也化不开。

可是孩子终究要脱离父母的庇佑，在外面独自闯荡，我抛给父母一个大大的笑脸，以示我会很好，不用担心。

之所以很清晰地记得入学那天的情景，是因为那天正好是母亲的生日。忙碌了一整个上午之后，我们去了学校的食堂吃饭，明知道父母肯定不舍得花钱庆祝生日，我看到沙县小吃，里面的鸭腿饭想来她必定没有吃过，推荐给她吃。她在食堂的菜谱上看了一遍之后选了一碗凉皮，母亲告诉我说鸭肉吃不惯，塞牙，凉皮最好吃，降温挡饱。

鸭腿饭十二块，凉皮四块。

一切尘埃落定之后，我又想到了高中老师给我们描述的神秘地方，在我的脑海里逐渐地蔓延开来。

一个人

最孤独的是一个人,最寂寞的是一个人,最热闹的却是好些人。

在这弱肉强食的时代,每个人的内心被孤独填满,因为生活,我们要奔波劳累;因为梦想,有时候我们不得不放弃一些东西。

偶尔我会听到朋友对现状的不满。他很怀念学生时代,亦很怀念家里的时光,他觉得那才是他真正想要的生活,才让他感受真正活着的意义。

在一个万籁俱寂的夜晚,我又接到他的电话,从电话铃声我都能感觉到他内心巨大的空缺。他又开始向我讲述他的情况,他的情绪不稳定,说着说着开始声嘶力竭地大喊,他想要改变,可是他不知道该从哪里开始改变。

他说,最起码应该是两个人。在这个空落落的夜晚,起码是两个人他就会睡得特别安稳。如果是上班,一心一意,没有杂念,甚至在老板的面前想要表现得更出色,一天很快就过去。他特别害怕晚上,打开门,屋里漆黑一片,又安静得没有任何声响。洗漱完毕,躺在床上,他的眼睛直勾勾盯着天花板，不论做出怎么样的努力，睡意失踪了般找不回来。冷清不可怕，在冷清中失眠最可怕，脑袋会不由自主地想着乱七八糟的事情，想些遥远的事情，这些细碎如残渣一样的东西，越想要清扫越会累积得更多，雪球似的越滚越大。

有种把自己逼上绝路的感觉。

每个人何曾不是这样呢？孤身一人在外，无依无靠，能够支撑自己坚持下去的只有信念——想要把自己变得越来越好的信念，想要实现理想的信念。如果心里没有了支撑，就像是藤蔓没有了攀爬的依靠，在平地上不停地挣扎，最后被哪个着急赶路的人一脚踩断。

我从小到大都不是一个善于言辞的人，更别说融入众多人之中，每当有许多人聚在一起说说笑笑，我基本上都是远远地站在一边，静静地看着他们，看着他们脸上荡漾着明媚的笑容。那个时候，我便懂得了什么是孤独。我想孤独和寂寞并不是一回事的，孤独是相对于时空来说的，周围是互不相识的人，或者是一个人吃饭、睡觉、走路等，这些是外在的，可以改变的。而寂寞则是心灵上的，寂寞不管是身在何处，喧闹的集市中，孤僻的山野中，三三两两人的散步中，这些都不能消除你内心的寂寞之感。那种寂寞应该是遇到事情无人理解，自己内心的宏伟抱负无人明白，自己创作的作品无人欣赏，这是最大的寂寞。凡·高是最寂寞的，在他活着的时候他的作品不被人认可，在荒诞的嘲笑中坚持下去，那个心要多荒凉有多荒凉，要多寂寞就有多寂寞。

寂寞是对内心的折磨，孤独是对内心杂乱的清洗，去伪存真，化繁为简，是一个自我思索的过程。孤独一直陪伴着我成年，虽然我并没有在孤独中学会思索，学会塑造淳朴的心灵，但是孤独让我在一个人的时候更加明白自己要做什么样的事情。这让我想起陶立夏在《练习一个人》中写道："其实我早已经习惯了这种孤独。这些年来它没有摧毁我，当然也没有成就我，它只是一个很好的伙伴，教会我如何沉默，怎样遗忘。

它也教会我看顾自己的心，像照料一堆风中的火。"如今，孤独于我而言，已经如影随形。

在大学的时候，我的文学梦达到高潮，每日幻想着能够成为一名优秀的作家，于是开始利用课余时间写作。刚进入校园不久，周末时，很多学生都会选择出外旅游或者是勤工俭学做些兼职，我的一个室友想邀请我一起熟悉周围的环境，当时我刚有了一个写作灵感必须立刻写下来，不然灵感下一秒就会消失得无影无踪，于是，我婉言拒绝了。那个周末的下午，宿舍只有我一个人，我坐在电脑前双手不停地敲打键盘。在孤独中，那是我过得最舒适的下午。

孤独是我的好朋友。我喜爱孤独，孤独会让我省去很多的麻烦。不用面对陌生人，不用做自己不喜欢而又不得不做的事情，不用说话前还需要三思。一个人，不惊天动地，不轰轰烈烈，简简单单地面对每天的时光，细数着流年虚度时光。

其实有时候，一个人是足以创造奇迹的。特别在写作的时候，最需要一个人了，最需要孤独来相伴了，司马迁不就是在牢狱中写就的《史记》吗？还有勾践，在寂寞的时候一个人卧薪尝胆，还有张泽端的《清明上河图》也需要在安静的环境下一个人创作。从古至今，例子太多了，总而言之，一个人的时候人是最理智的，没有太多的杂念，没有太多的外界干扰。

但是，人追根究底是群居动物，不可能脱离他人而独自存活。

在我离开校园踏入社会的初始，我和向我倾诉的朋友一样，害怕一个人。这么些年练就的一身铜墙铁壁顷刻间土崩瓦解，想要有人陪伴在身边，可是身边的朋友不是离得远，就是还在学校，根本不能实现。于是，孤独感油然而生。那种不知所措，那种无可奈何，面对着无声的四周，整个人都在往下沉，沉到哪里不知道，就是在一直往下沉。

时间长了，这种感觉由浓变淡，逐渐地可以自我调节。仔细想来，这应该是当一个人处在陌生环境的时候，需要时间来适应。

但是总归是要一个人的，不论是我们借由母亲的身体来到这个世间，还是最后面对生命的终结，我们总是一个人。总是一个人面对蜚短流长；一个人静静地看书，看世界；一个人在深夜到来的时候哄自己入睡；一个人在获得巨大喜悦的时候，自我享受；一个人来到这个世界上，最后一个人离开；写作也是一个人，坐在电脑前，敲打着文字，独自消耗静寂的时光；吃饭，发呆，呼喊……都是一个人。

一个人，是彻底的自由。

一种相思两处愁

时隔几年,重新翻读易安的词,和之前的感受迥乎不同,这大概就是人们经常说的,好书要经常翻阅,每次都会有新发现、新感悟。

李清照,字易安,号易安居士。单单欣赏她的名字就能感受到一股清风拂过心头,清新、素简,却又不失雅意。这个"雅"应该是文人墨客追求的一种超然脱俗的世外之感,清清爽爽的洒脱。

说来宋词还是当属易安的最让我欣喜,她的字里行间,每段时期都有那个时候的故事,那个时候的情感,不抨击,不诋毁,独自隐忍的时候还会有些小发泄。就像那首词《如梦令》写的"昨夜雨疏风骤,浓睡不消残酒,试问卷帘人,却道海棠依旧"。她真性情的表达,让她的才情更入木三分,写出来的文字总能让人过目不忘,深有触动。

这首词是易安的成名作,她的才情从小已被父辈晁朴之等人所称赏,以才藻闻名乡里,直到一生终结,她的才情不减,一直勤勉文学创作。

她的才情让她遇到了赵明诚,才子佳人,珠联璧合。以往读易安的词每每都是侧重于她和赵明诚的爱情,从《臧字木兰花》的"云鬓斜簪,徒要教郎比并看"的小女孩家的娇羞,到后来的《如梦令》中的"试问卷帘人,却道海棠依旧",到最后时期的《蝶恋花》"独抱浓愁无好梦,夜阑犹剪灯花弄"。爱情之花从美好到凋零,心潮的跌宕起伏正应和了青春年少的我们,心灵脆弱,悲天悯人,伤春悲秋的年纪,道出了每一个少女的情感。写的是她自己,却像是在剖析当时的我们,读来手不释卷,欣然忘怀。

如今年龄不同,看事物的眼光也在发生着变化,易安的词不光单写爱情,还有家情,国情,世事情,各种情感相互杂糅,融于文字,最后像一条龙,跃地而起,飞向高空。这种情愫是一把利剑,把空气劈开两半,然后再逐渐地愈合。

易安才华横溢,一生却也颠沛流离,本身出生在书香世家,有一身的才气,加上和睦相处、恩爱有加的家庭,也算是圆满幸福。谁知家国不幸,婚姻不幸,真是祸不单行,无独有偶啊。一夕之间的巨大变故,身为女子的她怎能承受得了?然而,命运不枯竭,还需要徒步前行,她带着字画,东奔西走,一来为了生计,二来被蔡京陷害的丈夫的名誉还需要她来洗刷。

关于已逝丈夫的名誉,在宋代,一直遵循着男尊女卑的传统,丈夫便是一个女人的全部,对于易安来说,洗刷罪名尤为重要,像是自己的名誉受损一般,因此,这是她拼尽全力,劳苦一生也要做的事情。

苦难中的女子最脆弱,孤苦无依,形单影只,所以,张汝舟有了机会。谁知人心不古,婚前婚后截然两个人的张汝舟对易安拳脚相向,目的为了占有她的财产。易安是个倔强的女子,怎容得他这般欺凌?加之她又知晓张汝舟当年在科举考试中曾有过舞弊行为,便告发了他,并与之离异。按宋《刑统》规定:妻告夫,即使属实,也得"徒二年",李清照因此而陷囹圄。

一生的磨难不知何时到头,往事不可追,现在的李清照已经是风烛残年，孤苦无依的时候只能依靠诗词，依赖精神的寄托，后期李清照的词多偏忧愁、哀怨、凄苦。也许是李清照曾在女主统治下生活过，因此女子参政对她而言是生活中体验到的现实，对李清照可能产生启发，激励她关心国事，参与政治，所以她写出"生当作人杰，死亦为鬼雄"。

后来的她潜心研究《金石录》和《漱玉词》，清凉的微风，昏暗的幽光下道尽了一位旷世才女的一生，孤单，凄凉，漫长岁月，至此一生，她对丈夫赵明诚的相思之情从未消减，似乎随着岁月的叠加，更加浓厚。她的忧愁，对人生沧桑的愁，经历过局势动荡的愁，对一生的感慨的紧锁眉头，真像她自己写过的一首词"只恐双溪舴艋舟，载不动许多愁"。

用欢心愉悦你

正是无限春光，肆意悠扬的时候，海棠花开得正繁密，粉中留白的花瓣，把人的心都美酥了。周恩来最喜海棠，满院子都是海棠，他说，一般人谁不爱花呢？娇艳欲滴，粉嘟嘟的小脸，我见犹怜。

正是外出游玩，踏青的好时候。时光静好，错过甚是亵渎了春天赐予的一份美意。一直以来，美好总要有些瑕疵的，但也是瑕不掩瑜嘛。这不，春天也不落俗套，冒出个愚人节，为春天装点个热闹。光美、光好可不行，得笑，笑才真正把美和好淋漓尽致地表现出来。

也不觉得突兀，还甚得其中的精髓。

关于愚人节的起源颇多，有的是为了纪念耶稣受难的日子；有的是起源于法国，18世纪传到了英国，接着被英国的早期移民带到了美国。不管什么样的习俗，来到了中国，就要玩出新花样，玩出新高度。

校园的愚人节最像是戏剧演出，起先装模作样地来到你的身边，拍拍你的桌子，指指门外，你最期待已久的人来找你了，还不快去迎接啊，这么好的机会，错过可不知道要等到猴年马月了。心情像是小鹿乱撞，扑通扑通地跳个急促，赶紧搁下笔，起身，身子还没有跨出去，脑袋已经到了外面。

欣喜若狂，不可思议地在外面左看右看，前看后看，瞄了一个遍，还是没见平时念叨得紧的那个人。正纳闷，定了定想，噢，原来今天是愚人节！一直暗恋的人怎么会来找我呢？

就这么轻而易举地被"愚"了。

愚人节被愚真是生活的调味料，润滑剂，甚至有时候会是一种向往和寄托。

一位生活在山里的老人，头发花白，一拨，像是抓起了一把棉花。生活在小院里，每天都对着大山的方向，等待着儿子归来。她手里端着一碗面条，是给离家近二十年的儿子做的，嘴里碎碎念：儿子最爱吃面条了，里面放上一个鸡蛋，比山珍海味更让儿子垂涎。

每日夕阳的余晖，把老人映衬成了一座精美的雕塑。一天，两天，许多天过去了。终于，在一场大雪过后，老人病倒了。冬天里的病是最磨人的，日日消瘦，深陷的眼窝还剩下瞳孔是带着光芒的。来年的四月一日邻居们来到她家里，告诉她，儿子过些时日就会回来的。

就这一句话，老人立刻起身去厨房准备面条，这次，老人一下放了三个鸡蛋，又放了几滴香油，顿时屋子里飘满香味。邻居都嫉妒，娘还是对孩子最亲。那是当然的，打断骨头还连着筋，怎么会不疼爱呢。

她的身体逐渐地硬朗了起来，每天也不再对着山头幻想了。整日忙活得很，儿子的衣服、床铺等洗洗、晒晒、叠叠。一晃，又许多天过去了，有一天早晨，邻居拍老人家的门，喊着，你儿……你儿回来了。

邻居的一句宽慰的话，竟成为生命的原生动力。愚人不是愚人，是娱人呀！

愚人，捉弄别人进而取悦自己，似乎是个自私的行为，但是转换思维一想，也是因为心中的善意，这种善意是发自生命的本真。

其实，不光是愚人节我们想着愚弄别人，平时鬼灵精怪的也想调戏一下，取悦一下，让压抑沉闷的气氛活跃一下。愚弄，在这里是善意的褒义词。

生活中，许多人对于感情一直是亦步亦趋，唯唯诺诺的，生怕被拒绝，生怕被伤害，这时候愚人节成了这些人的救星。在微信上，或者是约会的时候，烛光辉映的人脸色晕红，激发了人身体里的冲动。小心的、探询的口吻，我喜欢你。如果看到对方的惊愕，立刻转移话题，愚人节，玩笑而已，打破尴尬的局面；若对方羞涩地垂下头，便会乘胜追击，如此，心爱的人终于能拥入怀中了。

真感谢愚人节呢，是救星，又是月老。

愚是禺和心的组合，禺是古代传说中的一种猴。你看，春天多了一份猴心，用猴般纯真的欢心愉悦你，是不是更有趣味，让春天更加难忘了呢？

与己对视

一直以来我以为什么事情都能得到妥善的解决，虽然不能两全，但是总能相安无事。

事实发现，并没有那么容易，除非你有孙悟空的七十二变，期待什么就能变幻出什么来。但是，生为凡人，没有七十二变，没有不可一世的法术，没有靠意念进行的超能力，有的只是务实的一双手，一双腿。期待的东西，只有靠真实的劳作获得。

舞台上的魔术，是为了取乐的障眼法，心中住着的小王子，随着年龄增大，身体增高，我们逐渐地学会辨别是非，认清美丑。

生活在各人迥异地进行着。与前一段相比，我像是另外一个人，对很多事情很多看法持不同的态度，也许因为在追求梦想的道路上，有很多坎坷要度过，有很多困难要解决，有一种力不从心的感受。让我开始静下心来，审视自己的内心。

心中泛起的层层涟漪，随着微弱的灯光，逐渐地散去，剩下的是无尽的黑暗。黑暗中的自己有些无助，但是内心的坚强驱使自己在融入黑暗的同时，想尽办法制造点微光来。

这个时候，我仿佛看到了另一个自己。与自己对视。

我看到一双空洞的眼睛，这空洞中填充着许多的东西，待要一一分辨的时候，它们又快速地消失，无影无踪。和人对视的时候，只有眼神最真实。从对方的眼神中，你可以觉察出对方的恐惧，对方的胆怯，对方是否撒谎，是否坦诚相待，是否想要表述一些事实……还有一点，从这无遮无拦的眼神中，人类最敏感的神经可以感受到对方是否排斥自己。

我看到面前一身黑衣的自己，她试图躲避我的眼神，试图转身离开，试图想要从我这里带走点什么。夜色浓重，它成为一缕烟，瞬间消失了。

人总要与自己对视的。

对视自己的时候，就像在对视世界。

有时候看到窗外的车水马龙，我突然间不知道这个世界怎么了，在一个个狭小密闭空间组成的城市里，人和人之间走得很近，仿佛又很远，远得像是在倾听天际的回音，清晰而不可及。

关门开门间隔着一道银河，孤独的心被孤独地包围起来。

自由之间困顿着探索好奇的心灵。

对很多事情都持有一种好奇心，总是想挑战，想前进，试图有所突破。这是人的一种本能，求知欲望的本能。

也许正是这种由内而外蓬勃的本能才显得整体的隆重，高贵不容侵犯，像是《围城》，被圈养在固定的土壤里，有着丰厚的养料、食物和炫美的姿态，吸引着圈外的人拼命地想要进来享受，而日久厌倦的人鄙夷着目光想要扬长而去。

很久没有呼吸新鲜空气了，一个人的生活宁静得像是夜晚清冷的月亮，透着淡淡的微光，不招惹，不排斥，来去自由间，欣欣然接受所有的日常。从平常的点滴琐碎中可以感受到最真实的自己，明白自己内心的真实想法。

偶尔出去走走，正值盛夏，蝉不停地聒噪，正在演奏一场自然演唱会。

最治愈心灵的要数乡野间自由生长的杂草、参天的白杨、藤蔓的绿植，还有农家可以培养的蔬菜瓜果。它们肆意地生长着，这是它们最自然的状态，爬满整堵墙，绿叶叠着绿叶，在径枝间坠着又重又大的"孩子"，等着有朝一日赶快自力更生去。

一股风吹来，它们顺着风的方向齐刷刷地敬个礼，差一点帽子都戴歪了。迎来了风，然后接来了雨，刚刚还垂头丧气的吊篮此刻比吃饱了奶的顽童还有力气，张牙舞爪的玩泥巴，深深地钳进去，要是待上两天不管，像是放跑的鸭子，算是难追回了。

大自然的一切都是奥妙，有看不完的热闹。

也许是岁月的原因，我对以往写下的，一直存念的、美妙的爱情，此刻像喝着一碗粥那么平淡。平淡也是福，再疯狂的暴雨过后依然是天晴，所以啊，没有什么过不去的，也没有什么轰轰烈烈，刻骨可言。

还不如安安静静地炒个菜，家常菜，百吃不厌，越吃越有味。

在我记事以来，我是最排斥做饭的，亦更加排斥刷碗。有时候母亲会说，你这样懒惰的人，以后长大找不到婆家的。我才不管，不喜欢就是不喜欢，以后挣了钱请保姆，或者是在外面吃。

这样说着，人就长大了，到了挣钱的年龄。社会远没有想象的那么简单，真被母亲说准了。现在喜欢做饭并不是母亲的那一番话，也并不是生活所迫，而是真的爱上了。准备餐具，挑选饭菜，自己动手翻炒，最后盛入盘中，其间还要注意火候，还要注意调料，任何一个环节注意不到，饭菜的最终味道只怕会千差万别。从这看来，真像一种人生，在有限的生命中，过成什么样子也只有自己能够把握。或者在其中出现很多个选择，有很多惊喜，但最后还是要自己来衡量。

每做一顿饭，就像是过了一种人生。

当一个人深处闹市的时候不觉得有多孤独，生活有什么不对劲，只有安静，头发丝飘落地上发出的声响告诉自己需要努力、需要改变。纵观全局，我始终无法面对的是自己，内心的声音响亮而清晰，人世间有太多的可能性，有太多瞬息万变的事物，因此我们需要牢牢把握每一个来之不易的机会。

人生的路很长，在与自己对视之后，我们应该明白的是，自己擅长的方面是什么，自己想要达到的目标是什么，自己想要成为一个什么样的人，然后抖擞精神，开始出发，沿着这条路一直往前走。

不论是学会做一桌拿手好菜，还是写出一篇令自己满意的稿件，人最重要的是贵在自知。

与己对视，无所顾忌，畅所欲言，最后，得出一个贴合实际的结论。

这难以启齿的亲情

有些情感总是难以启齿,比如亲情。

母亲总说我们是上辈子的冤家,话不投机半句多。

我很少和母亲交谈,平时的交流也仅限于日常的寒暄,最深的交谈一定止于要迈心的前一步,我总会不合时宜地打断,甚至是反感地抵触,用最凛冽的语言抗拒。

追根究底源于我的叛逆时期的到来,那时候内心私密的话语在母亲面前一定是羞于启齿的。那时候的羞于启齿不是羞愧而是不屑,不屑的态度往往是锋利的刀刃,狠狠地往母亲的心上砍去。

与母亲闹过最不可收拾的一次是刚升高中的前一天晚上,矛盾的爆发点早已忘记,令我记忆尤深的是那晚与母亲针尖对麦芒到将近凌晨。我清晰地记得母亲的泪流得很浓很深,眼泪在她的脸上拉了一道又一道沟壑,父亲在隔壁的房间缄默不语,后来父亲说,他只有置身事外,毕竟我和母亲的"恩怨"还需系铃人来解。

第二天,母亲却一如既往地早早起床为我准备早餐,嘴里絮叨着让我带这带那,手还不停地往我的行李箱塞火腿,塞八宝粥,塞六个核桃……在去往高中的路上,坐在大巴车上的母亲表情异常凝重,始终别过头看窗外的风景。

到宿舍,她忙不迭地帮我擦洗床铺,购买日用品,还主动替我与同宿舍的女生搭讪,拜托人家多照顾我。

与母亲微妙的关系得到缓解是在我大学即将毕业的那一年春天,仿佛一夜之间,我从幼童长成成年的模样,身体里那根叛逆的弦突然被一个叫作"亲情"的天使连根拔除。我懂得了母亲的辛苦与艰难,也从那时候,我有些惧怕阅读关于亲情的文章了,因为那种细腻的母与子的情感奉献,每次读来,必定潸然泪下。

如今和母亲的话越来越多了,每次通话不舍得挂,临了挂电话,会多说一句,又多说一句,真像电影《夏洛特烦恼》里的夏洛,他最终明白,生之一瞬,死之一刻,其间短短几十载,唯有珍惜珍爱身边的人才是最重要的。

现在我有些话也想主动说与母亲听,因为我知道,在向母亲说的时候,她比任何人更懂你说话的语气,想表达的心情,想做的决定。

阳春三月,草长莺飞,在母亲那里,永远四季如春。

长这么大,很少写关于母亲的文字,唯有的一次是在高二的时候,学校举办母亲节征文活动,那次比赛,我获得了二等奖。如今文章早已无迹可寻,可我知道,那时不谙世事的自己,写出来的文字也是缺乏柔软的真情的。

此刻,滔滔不绝的我只怕写浅了母亲,写浅了母爱。

第五辑　逆境中成长的太阳花

逆境中成长的太阳花
——读《安妮日记》有感

"纸比人有耐心",这是我读完《安妮日记》这本书后留下的印象最深的一句话,在《安妮日记》里年仅十四五岁的德籍少女安妮·弗兰克写下这句话之后,开始了她两年的日记写作。

日记里记录了她的生活环境,她的爱情和亲情,这本书几乎收录了她所有的喜怒哀乐。她给她的日记本起名叫基蒂,把它当作最亲密的伙伴,无所不说、无所不谈。在那个兵荒马乱的年代里,人们居无定所,而安妮,选择把她的所见所闻,所思所想都一一地记录下来。

她喜爱写作,希望有一天能够成为新闻记者或者是作家,她不想像母亲或者是范·丹太太以及所有妇女那样平平庸庸地活着。她一直朝着期望的目标努力,在那样艰苦的条件下,坚持不懈地学习,写日记,读历史,学文学、法语、英语和速记。

自由,像鸟儿在广阔的天空中自由翱翔,她对自由的渴望就像是对写作的热爱,哪怕未来的日子很遥远,但她凭着一腔热血努力奋斗,希望有一天梦想会实现。在这个过程中，最大的动力就是她想写、爱写，她一提起笔忧郁就消失了，勇气随之而来。

安妮希望："我死后仍能继续活着。"

如今，她的梦想实现了，出版了书籍《安妮日记》，成了一名作家，如她所愿，她在死后继续地活着，活在她的文字里、活在每个读者的心里。

安妮是个幽默的孩子，虽然生活窘迫，为了躲避德国法西斯对犹太人的种族迫害，全家和另外的四个人在密室中度过了两年多的藏匿生活，但是安妮依然微笑地善待每一天，她写的每篇日记都给人带来轻松自在的阅读感受。她从不曾绝望、消沉，她始终乐观勇敢地面对生活，善待苦难，怀抱理想，坚信所想要的安稳、平静的生活在未来的某一天会到来。

隐匿生活充满着不安和恐惧，灾难随时会来，生命犹如一只待宰的羔羊，一切只能听天由命。在藏匿期间，安妮一家和住客之间难免有冲突矛盾，然而，在安妮活泼、诙谐的笔下表达出来却生动有趣，常常让人忍俊不禁，她总能观察到生活的另一面，发现希望。她经常用正话反说的语言记录那些看似悲哀的事情，她说："如今我们已经过了最美好的阶段，因为现在我们再也得不到新鲜的蔬菜了。"

安妮深感幸运，和那些没有藏起来的犹太人相比，这里简直就是天堂，没有恐惧，能够和家人在一起，她别无所求。

在藏匿的密室里，安妮在不断地自我反思，她非常善于观察，在点滴中思考人生，后来她慢慢改掉了粗暴的坏脾气，任性的性格。在一次日记中她突然意识到她与母亲的相处方式不太妥当，她经常揪住母亲的缺点不放，和母亲发生争执，她深深地自责，并且发誓转变和母亲的相处方式，缓和紧张尴尬的局面，慢慢地，她将责备变成了温馨的阳光，照耀在每一个人的身上。

安妮明白，外在的财富有朝一日会全部失去，但是心灵的幸福、亲人的呵护却能永远相伴左右——这是精神的依靠。后来，在安妮喜欢上彼得之后，她更加明白，唯有情感是人世间最珍贵的财富，因此，安妮对什么事都爱逗乐，情绪高昂，甚至有时她整个下午都扮演轻浮的小丑，逗人高兴，试图感染每一个人，让日子过得快些，让大家的心里不至于太过压抑。

彼得曾感动地说安妮总是"用她的快乐在帮助他"。

安妮的大爱在那段时间带给大家心灵上的抚慰，在鼓励大家的同时其实也在激励着自己，让她在艰难困苦中发现希望，发现对未来的憧憬和向往，并通过自己的努力去实现。虽然安妮最终未能幸免于难，但是《安妮日记》见证了铁蹄下的法西斯的罪恶，带给后人鼓舞人心的力量，让后世之人懂得爱和善良，珍惜和平，明白人生的意义。

绝境中的爱情传说
——读《冰河》有感

爱情——一个永恒的话题,不同时期用不同的口吻来描述它似乎都那么合情合理,它永不过时,没有保鲜期这一说。

从古至今,有关爱情的佳话那么多,谁又能真正参透其中的禅,怀着一颗本真的心义无反顾地去爱?孟河和金河的爱情看来似乎是那样理所应当地顺应剧情的发展,然而,爱情本就是"质本洁来还洁去"的单纯,破釜沉舟才能绝处逢生。

对于《冰河》这篇小说,余秋雨用一句话做了总结:"我用无限的唠叨,让一个象征结构披上了通俗情节的外套。而且,随手取用了中国古代的衣料。"《冰河》里的故事发生在古代,"无限的唠叨"便是对故事情节的描述。故事里发生的爱情不奇幻,没有狗血的剧情,看似简简单单,顺其自然,却平地泛起波澜,在平淡中反而折射出它的刻骨铭心。

作者以深刻、凛冽的心态对自己的作品加以彻底地剖白,以一眼就能洞察一切的犀利眼神和迅疾的笔墨展现着穿着通俗情节外衣的爱情。

但这里的爱情平凡却感人，简单又不乏浪漫，也许就在郝媒婆积极主动地在凉亭里为孟河相亲时就为他们两个人的爱情埋下了伏笔——作为突如其来的7号相亲对象，才是故事的主角。

孟河为寻父决定进京赶考。在那艘载着许多应试书生的船上，恰好金河也在，更有缘分的是在路上碰到了一眼便认出孟河是女子的老丈。老丈寥寥几句话就猜透了孟河的心思，让她误以为自己遇到了仙人。岂不知老丈是个考了一辈子的书生，林林间，阅人无数，岂能不知孟河的心思？

很不幸的是，船舶在行进的过程中遇到了最大的寒潮，一瞬间孟河便被冻得麻木，浑身奇寒砭骨。在所有人都害怕、恐慌，死亡随时都可能降临的时候，只有金河一个人是淡定的。他建议大家团结起来，一起划桨，争取在河面结冰之前赶到河对岸去。这个方法遭到了大家的否定，只有孟河和老丈两个人相信他。

怎么办？眼睁睁地等待死亡的降临吗？那么，所有人都将无法参加考试。前前后后几条船的人命实在是让金河挂心，最终金河做出了一个惊人的举动，他独身一人用斧头凿冰来开辟道路，孟河和老丈则拉着绑在金河腰上的布带，跟随其后。

故事在这里达到了惊心动魄的高潮，与时光厮磨，与冰搏击，与命运搏斗的过程必定是扣人心弦的。看着金河愈来愈娴熟的破冰技术，很多赶考书生纷纷投来质疑的目光，说他不安好心，说他是盗匪，没有一个人来帮忙。他们在生死攸关之时仍气定神闲地对他们的救世论调高谈阔论。

天亮了。鲨市到了。金河也倒下了。

所有考生走得真快，急匆匆地，好像要逃离牢狱一般，谁也没有来看一眼金河——他们的救命恩人，没有他，也许没有一个人可以看到黎明的曙光。

金河牺牲掉右手，不能参加考试了。

一夜之间，孟河、老丈、金河仿佛看破了红尘。一条船，就是一座冰封的朝廷，外表五光十色，华丽无比，然而内在却是那么丑陋不堪，令人心寒。

孟河要进京赶考，不为别的，为了金河。孟河原是"淑女乡试"的第一名，在这次考试中，冒名金河应考，并最终金榜题名，考中状元，并且还被公主相中。最后，孟河对公主袒露了实情，讲述了她这一路来的遭遇，获得了公主的赞赏和同情。

历来我就特别害怕以悲剧收场的结局。我觉得我是个特别感性的人，受不了太过于悲情的事情。令人欣慰的是《冰河》故事的结局是很美好的。孟河对父亲说了二十年来母亲一直没有说过的话，并收获了友情和爱情，公主和她义结金兰，金河和她在一场绝境逢生中获得了彼此的爱慕。我想，患难夫妻，情比金坚，孟河和金河以绝境为考验的爱情会让他们获得永久的幸福。在心里，我深深地祝福他们。

一场与命运殊死搏斗的灾难，一次人心善与恶的考量，一场爱情悄然降临，一个再也不可复制的爱情传说，《冰河》就是这样让人读过之后，就难以忘怀的佳作。

生命是永不苍老的誓言
——读《活着》有感

"我知道黄昏正在转瞬即逝,黑夜从天而降了。我看到广阔的土地袒露着结实的胸膛,那是召唤的姿态,就像女人召唤着她们的儿女,土地召唤着黑夜的来临。"生命在这里开始由硕大无比浓缩,逐渐浓缩成一滴泪的模样,酸甜苦辣咸,在晶莹剔透中尽态极妍,似乎美轮美奂,却是一场又一场的生死搏斗,鲜血滴溅出来的印痕,岁月磨炼出来的锋利。

有人说,年轻就是资本。可以任意挥霍,可以无所忌惮,可以胡作非为,可是也有人说,种瓜得瓜种豆得豆。质伛影曲,福贵的家因为他败了,一百多亩地和祖宗留下来的房子一起在他的赌博中输给了龙二,瞬间变成穷光蛋的滋味让他尝到了苦头,这是他作的孽,应该他来承受。不再是少爷的福贵似乎一夜之间懂得了心疼的滋味,明白了父母的不易,妻子家珍的贤德和对他的不离不弃,女儿凤霞的乖巧、懂事。

一切看起来还没有那么坏,然而命运不是说你悔过自新就会给你福报,让你称心如意,其实在冥冥之中所有的事情都自有安排。死亡是最无力的抗衡，在那个颠沛流离、食不果腹的年代，生命的逝去就像是流星的滑落，闪过一下就结束了，在那样的大环境下，活着，只有妥协，妥协，再妥协。

从一次次的死亡中可以看出，苟延残喘地活着已经是上苍对福贵最大的福祉。

有庆的到来似乎给了福贵一些期盼，有庆在学校运动会上长跑比赛第一名让福贵尝到了甜头，感受到生命可以如此美妙。然而，有庆的死亡差一点就给了福贵毁灭性的打击，有庆为刘县长的女人献血死亡，一个鲜活的、茁壮的生命就这样无声无息地离去，毫无征兆。福贵感觉活着成了一个笑话，但是，他必须得活着，为了家珍，为了这个家。

福贵越来越担当起一个丈夫、一个父亲的角色了，没有办法，家珍得了绝症，凤霞在他被抓去做壮丁的那几年生了一场大病，成了聋哑人，父母逝世。只有他了，现在只能靠他自己一个人来养活这个家了，福贵重新燃起的斗志像一团火焰，迅速燃烧。

以前那个顽固不化的少爷不见了，福贵成了真正的福贵，有担当，有责任。

福贵亲眼看到所有人在他面前一个个死去，白发人送黑发人，亲人，朋友，这种凌迟致死的感受恐怕福贵一辈子都忘不了，这是硬拿刀往身上捅啊，如果可以代替死亡，我想福贵希望代替有庆死，代替凤霞死，代替家珍死，代替苦根死，代替父母死。苦根死得太可怜了，没有过过好日子，吃过好吃的，连豆子都是奢侈品，小小的年纪却被豆子给活活地噎死了。这时候福贵想到了凤霞，又是一个苦命的孩子，本想着嫁给了二喜就能够幸福了，谁曾想到生苦根的时候大出血死在了福贵的面前。生命似乎很脆弱，比水还经不起翻滚，风一来，一大片一大片碎花似的水成了风的俘虏。

过了不久家珍也去了，又只剩下福贵一个人，孤苦伶仃，无依无靠，

195

活了一辈子，看了一辈子的生离死别。一个人活着，也是生活，也得过，也要吃饭，他像往常一样日出而作，日落而息，循规蹈矩，正如余华说的那样，"以笑的方式哭，在死亡的伴随下活着"。

　　福贵老了，只剩下一头和他相伴终老的牛，名叫福贵，它是另一个自己。以为在所有的亲人都不在的时候他也会活不长，谁知道一活活了这么久，现在无牵无挂反而更让他活得平静。由此我想到了史铁生，他在《我与地坛》中曾说，"一个人，出生了，这就不再是一个可以辩论的问题，而只是上帝交给他的一个事实。"上帝是聪明的，交代的过程是一个艰难的路途，不必急于求成，不要觉得鳏寡孤独，一切自有定论，其实在静待那个事实到来的时候也是一种修炼。他还说，"活着是自己的一种选择，既然选择了活着，为什么还要痛苦地活着！"

　　从活着到死亡的讲述，音容笑貌，恩恩怨怨，点点滴滴，像一盘早已酝酿好的棋谱，每个人只是在按照顺序登场，然后谢幕。存在就如星辰，闪了一下，短暂得如蜻蜓点水。而感情只会在面对死亡时一步一步走向崩溃的边缘，不能自己，蚀骨的痛是一生的烙印。

　　活在这个世界上，拥有生命就是奇迹，等待着、隐忍着、观望着，一步一步地往前走，直到生命枯竭。命运留给了福贵长寿，对得起他爹给他起的名字，此刻他是"富贵"。一生的悲剧是自身命运与社会变迁的交织，衰败中不曾只有颠沛流离，也有蜂飞蝶舞，也有一刻的幸福存在。活下来，就需要感恩，就应该感谢上苍，就还有机会让结局再圆满些。活着，就是希望，还能做很多事情，还能有力气幻想，还能再一次以坚强的姿态妥协。

　　活着，多么美好，看过太多的分分合合，幽怨离肠断，最后留下来的生命多像是命运当初许下的誓言，留给后代可以怀念的理由，永不苍老。

像老人一样活着
——读《老人与海》有感

每一个看过《老人与海》的人心里都有一个老人的形象,就像一百个人心里有一百个哈姆雷特那样,或坚强,或执着,或强大,或不屈。当然我也一样,我心中的老人形象是仁慈且伟岸的。总之,不论什么,老人都有一个鲜明的如旗帜一样的精神,那就是坚不可摧的小强精神。

浩瀚的海洋,孤独的老人,一只渔船,一场人与自然的较量。一方广博、变幻、强大,更加反衬了另一方的弱小、不堪一击。在宽广的海洋中,人的生命显得微乎其微,变得无足轻重,但是对于精神的捍卫却是比滔滔江水更强的坚定。

人与自然的殊死搏斗,让老人在第八十五天捕到鱼之后不惜一切代价地想要把它征服,好像是征服一些为非作歹的人,征服本来歪曲的事实。为的不是什么,是一种寄托、一个交代,一个寄托精神的归宿,对自己、对孩子、对大海一个如释重负的交代。没有什么能够阻挡,只要心之所向,不论结局如何,终会精诚所至,金石为开。

老人在与巨大的枪鱼做斗争的时候,竭尽所能,全心全意。当枪鱼正在顽强抵抗的时候,他的左手开始抽筋,没有力气抓住捕鱼的绳子,那么鱼就会逃走,意味着他即将成功的事情要功亏一篑了。老人为了给左手力气,开始吃金枪鱼。老人说过,也许我不该当渔夫,不过,我是为这而生的。老人是为海而生的,所以他的骨子里就把这当作他一生的事业。那么他又怎么能够退缩呢?他又怎么能够觉得自己老了呢?他的小强精神像是冲锋的号角时时刻刻都在提醒着他,一定要坚持,一定不能屈服于自然。

然而,剧情在高潮中紧凑进行的时候,笔锋一转,老人所做的努力功亏一篑了,可恨的鲨鱼吃掉了巨大的足以光宗耀祖的枪鱼。留下的骨架少年要了去,少年像得到宝贝似的,那可是老人拼尽全力的成果,就像一个人一生奋力拼搏想要飞黄腾达,想要出人头地,最后铩羽而归,之后落得一穷二白。

人活着唯一能确定的必然就是走向死亡。在这条道路上,人拼搏了、努力了,收获过、成功过,不论最终的结果怎样都是值得赞扬的。虽然老人最终没有把鱼带回去,但是他是成功的,令人崇尚的。即使在人生的角斗场上失败了,面对不可逆转的命运,他仍然是精神上的强者,是"硬汉"。他保存了人的尊严和勇气,有着胜利者的风度,衣袂飘飘,英姿飒爽,赋予文学的精神来说,更是犹如山一样的蔚为壮观,又如铁一样的坚固,更像一生追求文学的大家的风尚,又如寒冬的蜡梅,偏在最严寒的时候绽放,遗世独立,傲然的姿态更像是一种宣泄。

老人弘扬的"人不是为失败而生"的精神也是一种自信,坚不可摧的信心,置之死地而后生的自信,生活的自信,信念的自信,还有对未知的自信。像小强一样在摔倒了之后再爬起来,失败了大不了重新再来,受到磨难了没什么大不了的,调整调整心情,重装上阵,不求结果,但求过程的无怨无悔。

有时候在人生的角斗场上，人很容易随遇而安，深陷在沙发里舍不得挪一下，沙发越软，陷得越深，越是懒惰。可是生活如海，广阔无际，不如想象的那么简单，不像白纸一样，能够随心所欲地发挥，生活是最不容让人懈怠的，平静的水面下暗藏的是急流，人往往也是在风浪的颠簸中才意识到危险，感到害怕，才想起自己的疏忽，懊悔然后才本能地抗拒。可是想要征服海的人啊，你需要时刻警惕，时刻谨慎，不要在危难的时候才显示出你是个好汉，要时刻撑好船，看好方向。

　　统观全局，最重要的唯有自信。自信里藏满了辛酸、痛苦、磨难，当然还有不屈和倔强，还有打不死的小强精神。没有了自信，人生就像没有了支点，像一盘散沙毫无意义可言，就像有人说的："一个人可以被毁灭，却不能被打败。"这种源于内心深处最原始的自信，是可贵的，是力量的源泉，它充实着老人孤身在海上漂泊的时日。

　　表面是华丽，背后藏满了心酸。结局千差万别，过程却一样的惊心动魄，一样的刻骨铭心。像老人一样，活着就要好好地活着，捕鱼就不能心急如焚，做事亦如此，一步一步来，不急不躁，不烦不忧，在最危险的时候往往考察的就是一个"稳"字。在追名逐利的路上，做好自己，知道自己追求的是什么才是最难能可贵的，当然还要有一种打不死的小强精神。

　　像老人一样活着，做坚强、勇敢、果断、打不败的勇士。

在平凡的世界里,创造不平凡的人生
——读《平凡的世界》有感

所谓平凡,就是平平常常、普普通通、简简单单。人,无论处在什么位置,无论多么贫寒,只要有一颗火热的心,只要足够热爱生活,只要不抛弃、不放弃,上帝就会对他垂青。《平凡的世界》——中国式的《钢铁是怎样炼成的》,让我们懂得平凡人的不平凡,让我们知道命运掌握在我们自己的手中。《平凡的世界》用最朴实的语言,用最平凡的人和事,弹奏着最震撼人心的旋律。

全书主要围绕主人公孙少平一家人的生活变化、双水村的变化以及孙少平、孙少安兄弟为理想不断奋斗的历程展开。让我印象最深刻的是孙少平这个默默承受着人生苦难却从不放弃的铁骨铮铮的有志青年。他高中时虽吃着丙餐和黑面馍馍,贫苦不堪,也曾为没有吃过一顿饱饭而自卑过,却从没停止追逐梦想的步伐,因为他不甘心沦为命运的玩偶。孙少平虽然和我们不是同一时代的人,但他的青春和我们一样。青春的理想激励着他去闯荡世界,他敢作敢为,在沉重的生活压力下寻找自己的人生价值。他说"我要跟着火车去看看外面的世界,火车到哪里,我就去哪里。"

高中毕业时,孙少平背上自己的行囊,踏上火车,去山的那一边。可是外面的世界并不如他想象的那么美好,他一点点认识到了世间冷暖,当初稚嫩的肩膀变成了再也压不弯的脊梁。从揽工汉到煤矿工人,生活的艰辛,始终没有动摇他坚定的心。他在煤矿厂为救人差点丢掉自己的性命,却没有放弃煤矿的那一幕深深地震撼了我。自己选择的路再苦再累也要走下去,是对这一切最完美的诠释。人的一生不可能一帆风顺,也不可能总是满布荆棘,孙少平的家是贫困的,也是温馨的,他的爱情是遗憾的,却是甜蜜的,所有的苦难也动摇不了那颗年轻的心,与命运抗争的心,他是好样的!

书中的另一位重要人物孙少安——孙少平的哥哥,为了弟弟妹妹,为了整个家,从小就背负着家庭的重担,用瘦小的肩膀为家庭撑起了一片天。他敢于冒险,即使失败了也有勇气重新面对生活。因为家庭困窘,在世俗和封建思想的影响下,孙少安放弃了与他青梅竹马的润叶的爱情,不是因为没有勇气,而是自己肩负的责任在告诉他,只有这样做,才不会伤害更多的人。

孙少安不屈服命运,不向命运低头,他的梦想是带着全村富起来。孙少安骨子里那股"拼命"的精神告诉自己,要替父亲成为家里的"父亲"。从来不属于平凡世界里的平凡的人,孙少安知道自己是在现实的生活里,都市对于他曾经只是一个梦,或许梦想无法实现,但是也不曾破灭,只是深藏在内心偶尔怀念。孙少安也重新找回了自己的人生哲学:"一切都毫无办法。对于一个普通人来说,只好听命于生活的裁决,这不是宿命,而是无法超越的客观条件。在这个世界上,不是所有合理的和美好的都能按照自己的愿望存在或者实现。"他的梦想生来就长着一对矫健的翅膀,他却彻底折断了它,他认为它不应飞在天上,他要做一只脚踏实地在地上爬行的哺乳动物。再回首,恍然如梦,再回首,他心依旧,他是父亲、兄长、长子、队长……他也是他自己，孙少安。

书中的女主人公田晓霞，喜欢读书，善于思考，对事物常有着独特的见解并富有冒险精神，强烈的社会责任感和献身的热情，思想境界和内在品质都远胜于同龄人。她眼光独到，不囿于常理，对精神的追求远远高于物质，加之洒脱豪爽的性格，时刻焕发出青春的光彩，洋溢着生命的激情。她看到衣服破旧但对生活有自己独到见解的孙少平很吃惊。后来，共同的文化素养、爱好和志趣让田晓霞和孙少平走到了一起，并因此逾越了竖在他们自身地位间的巨大屏障，逐渐建立起一般人难以理解的超凡脱俗的爱情。

"我放纵我的天性，相信爱情能给予人创造的力量，我为我的'掏碳丈夫'感到骄傲。真正的爱情是心甘情愿与爱人一起奋斗并不断自我更新。"比起恋人，田晓霞更像是少平的精神导师。黄原师专毕业后，她选择了记者行业。当得知洪水席卷了灾区，她不顾一切地赶到事发现场，在暴风之夜奔赴前线报道洪水灾情的第一手消息；在归来途中看见落水的小孩，毫不犹豫地跳下去营救，也因此献出了自己年轻的生命。她那舍己为人的精神深深地打动了我。

我想每个人读完《平凡的世界》，都会有自己的感悟。人生没有如果，他们的命运告诉我们，我们每个人的命运都受制于这个时代，我们不能完完全全地决定自己的命运，我们能做的就是怎样能让我们更幸福。我们的生活没有经受太多的苦难，我们的世界也是平凡的，我们每一天都过着平凡的生活，做着平凡的事情，演绎着一幕幕平凡的戏剧。在这平凡的世界里，我们应该做一些对自己平凡的人生有意义的事情，平凡也要平凡得有意义、有价值。希望每一个认真生活的人都能够在苦难中锻炼自我，打开心灵的枷锁，释放真诚的灵魂，还原生命的本真，不管发生什么，都要坚强地去体验生活中的各种酸甜苦辣。有四季变化的人生才是真正有意义的人生，让我们哭时倾尽泪水，欢笑时尽情开怀，即便沧海已成桑田，也能有内心的一份坚持和执着。

提高现代文阅读和写作成绩的金钥匙

萱齐作品
阅读试题详析详解

慢生活

（1）慢是一种情调，更是一种境界，像这个城市市民的日常生活，凡俗庸常，但温暖温情，细水长流。

（2）懂得慢的人，生活过得有条不紊。早晨起床后的第一件事，不是急吼吼地去处理昨天没来得及处理的工作，而是倒一杯清茶，走到窗前看空中云卷云舒，看庭前花开花落，任思想的触角随意延伸。

（3）中餐不似西餐的简单快捷，一杯牛奶一片面包虽然能很快给予身体所需的养分，但似乎缺少了一点儿什么。文火慢熬，慢火炒菜，一碗米粥，一盘鸡蛋，一个馒头，再和家人一起围桌进餐，随意讲些与工作完全没有关联的话。然后再出门去上

1

班，这一天可能都是心情舒畅的。

（4）兢兢业业的工作，认认真真的做事，时间在努力工作中一点点过去。按部就班，不急不躁，拥有一颗平常心，才能将工作做得滴水不漏。回家最好不开车，骑单车或者是挤公交，青春年少的感觉如一棵藤蔓紧紧地缠绕上心头，回家的距离就是思恋亲人的开始。

（5）与人交流中，耐心给予对方肯定的回答，侧耳倾听，慢慢地等着对方把话说完。上帝给了我们两只耳朵一张嘴，就是暗示我们要学会倾听。既然如期赴约，就一定能够腾得出时间来听对方倾诉，不要打断对方的思绪，而是等着对方把所有的情绪都发泄出来后再去安抚，告诉对方问题出在哪里，不满和伤感又该如何排遣。

（6）友谊是在时间的磨合下产生的，一见钟情往往是小说中的情节，而且这样的情节多半经不起推敲。历尽沧桑以后我们才会恍然——衣不如新，人不如旧。

（7）想到从前的所交所识，从同学到朋友，再到闺蜜，从称谓上就轻易地表明了从相识到相契的过程。友谊一定要经历过时间的打磨，才能历久弥新，两个人慢慢地走进彼此的心里，才能够让友爱的种子像一个同心圆，相识，相交，到重合，千万不要快，一快就会像凉了的汤一样变得索然无味。慢慢地走进，慢慢地吸引，你会发现，人的任何情感都会在时间之中沉淀升华，就像陈酿一样，醇香在缓慢的发酵中越来越浓。

（8）活在慢里的人，最了解要留给生活充足的发酵时间。慢，是一种情调，就像一场不期而至的淅沥小雨，随风潜入夜，润物细无声。会生活的人都不会强求，而是慢慢地去等、去品、去悟。

1. 文章一开始就与题目相呼应，作者运用了一种什么样的写作手法？

2. 作者理想中的慢生活是怎么样的？

3. 阅读全文，说说本文对你的启发。

4. 文中提到"衣不如新，人不如旧"，在文章中有什么样的作用？谈谈你对这句话的理解。

参考答案：

1. 开门见山的写作手法。

2. 作者理想中的慢生活是一种情调，一种境界。生活过得有条不紊，兢兢业业的工作，认认真真的做事，与人交流，要耐心、要宽容和理解。

3. 在生活中，我们要学会放慢自己的脚步，遵从内心生活。（意对即可）

4. 升华主旨的作用。一切美好的事物都需要经过时间的沉淀，方能显现出它的珍贵，而缓慢的生活步调则会把最纯真的一面展现出来。

容我为你画一树春天

（1）我想画一个春天。

（2）春天里有蓝得彻底的天，有沁心的空气，有悦耳动听的鸟鸣,有鲜翠的枝叶,有紫得凛冽、粉得鲜嫩、绿得傲娇、黄得绚烂的鲜花,有清凌凌流动的溪水,有四季分明的春夏秋冬,还有一个,知我、疼我、怜我、惜我的他,让我想起就心生欢喜的那个他。

(3)这个春天,必须要有他参与啊,不然,火候不够,色彩也暗淡了几分。

(4)忒少了情意。

(5)我想画一个春天。

(6)春天里有鸡零狗碎的日常,有爱说三道四的相邻,有做也做不完的家务,有扫也扫不干净的庭院,有三三两两要零食吃的孩童,有总爱唠叨的长辈,有仿佛永远处理不完的琐事,还有会做美食的他。那个甘愿为我进厨房的他,变魔术似的,不消多久,一桌爱吃的饭菜就出现了。

(7)满满的都是爱啊。

(8)我想画一个春天。

(9)这个春天,非常狭窄,窄得只能容得下我和他。每日清晨醒来第一眼看到的就是他的单眼皮,柔柔软软的双唇,茂盛得又不敢生长的络腮胡。

(10)听到他均匀安详的鼻息声,听到他对我说:亲爱的,早安。然后送我一枚满含深情的吻。

(11)穿戴一定是彼此为各自精心的搭配,因为只有彼此才懂得彼此的美。

(12)早餐简单随意却不少温度,哪怕是一盘咸菜,也成了春天最美的点缀。

(13)早晨的时光,静谧,清净,我捧一卷书,他捧一卷书，放着舒心的轻音乐，时光随着文字飞舞跳跃，不论魏晋。日子像是长了翅膀的天使，在彼此的眼睛里藏着深深的暖意。

（14）精神食粮的富足让彼此更为珍爱，光阴缓慢，留不住的岁月在蹉跎着。彼此深深地懂得一个道理：偌大的世界，亿万人群，偏偏只爱你，这是最为珍贵和不易的缘分，一日比一日更爱惜着彼此，把日子过老了，过清浅了。

（15）这是彼此的福祉。

（16）午饭，是两人最为讲究的，荤素搭配，营养均衡。不光爱你，也爱更为健康的你。为了准备精致的午餐，两个人手牵着手，一路走一路说笑着，去附近的菜市场购买新鲜的蔬菜。其间，与小商小贩讨价还价，遇到爱说的，便驻足聊上几句，浓浓的烟火气儿。

（17）下午的光阴慵懒静谧，适合独处。彼此一定会为彼此腾出独处的时间，交予身心，做自己的事情，互不打扰，直到夜幕降临。

（18）生活需要留白，人与人之间的相处亦是如此。

（19）星光闪烁的夜晚，适合说悄悄话。两人四目相顾，说些内心柔软的话语。这柔软仿佛把黑夜揉进了心里，心灵的默契为这段感情加温，肢体代替了所有语言。

（20）我想画一个春天。

（21）这个春天没有别离，没有冷热交替，没有疼痛，有的都是爱意和温暖。

（22）这样的春天需要彼此用力去缔造，需要心的感应和附和。只有满怀深情才会无悔付出，只有无悔付出，爱才能倾囊呈现。

（23）那么，就容我为你画一幅这样的春天吧。

5

1. 作者所指的春天是一年四季中的春天吗？

2. 作者所刻画的是怎样的一幅春天景象呢？

3. 阅读全文，谈谈你心中的"春天"。

4. 这篇文章的中心论点是什么？

5. 你会在你心中刻画这样一个春天吗？为什么？

参考答案：

1. 不是。文章中的春天指的是理想的生活状态。

2. 鸟语花香，鸡零狗碎，充满烟火气的日常生活。

3. 我心中的春天，在繁忙的学习中，能够有自己自由自在的空间，可以做自己喜欢做的事情，去自己想去的地方，把春天装扮得五颜六色、多姿多彩。

4. 通过对想要所刻画春天的描述，表达作者对理想生活的向往之情。

5. 会的，因为生活除了散落的光阴，还需要点缀，需要烟火气。

爱无言

（1）大年初六是迎财神的日子，家家户户老早就在院子里放鞭炮。凌晨一过，鞭炮声开始"噼里啪啦"地由远及近传来，在家乡，这被俗称为"抢财神"。

（2）凌晨四点，我伴着稀疏的鞭炮声醒来，坐在床上开始翻阅早前购买的书籍，不一会儿，听到父亲在院子里踱步的声音，随后听到母亲在屋里传出对父亲小声的叮嘱声，"放鞭炮之前给渊源说一声，她害怕鞭炮声，上次放鞭炮都把她吓着了。"

（3）新年那天，由于家里放闪门炮，"砰"的一声惊醒了还在熟睡中的我，被这声音惊得有些胆战，白天和母亲闲聊说了这事，没想到她便记住了。

（4）父亲一切准备就绪之后，蹑手蹑脚地推开我的卧室门，打算轻轻叫醒我，提醒我要放鞭炮了，要我提前捂住耳朵。当父亲打开卧室门却看到我正捧着一本书专心阅读，不觉在门口一怔，然后告诉我要放鞭炮了。

（5）我堵着耳朵，此时周边此起彼伏的鞭炮声却成了轻柔的音符，与书中的文字共舞。心里的暖意顿时涌上来。

（6）父母都是极疼爱我的，从小如是。

（7）我是家里最小的孩子，不论是玩具还是零食，他们都要让着我，每次都要让我先挑选。有次姐姐不乐意了，对母亲告状："凭什么事事都要让着她。"说完夺走了我手里的小白兔玩具。我坐在地上"哇"的一声哭了起来，母亲见状，训斥了姐姐一顿，"你是姐姐的，要学会让着妹妹。"说完，让姐姐把玩具还给了我。还有一次，我偷穿了姐姐最爱的连衣裙，姐姐发现之后非常生气，和我大吵了一架，而我被母亲庇佑惯了，因此，对付她的办法就是"一哭、二闹、三上吊"，最后姐姐也无辙，只得妥协，把裙子让给我穿。现在偶尔和母亲提及小时候的事情，母亲都会笑着说，"给你的爱是你们姊妹三个最多的，对你姐姐比较少了，对她真是亏欠着呢。"

（8）上学的时候，我的成绩在班里是中等水平，但我是个热爱学习，积极性很高的学生。在我三年级之前，学校还需要交学费，我都要最先交上去。买学习资料也是，只要老师指定的学习资料，我必定立刻去买，父亲颇为支持我，只要我要求的，父亲会把我这件事放在首位，当天给我买回来。母亲还为此数落了一番父亲，说父亲对我太溺爱，父亲说，学习的事情可不能耽误。

（9）如今长大了，学业上没有获得一番成就，倒是迷恋上了写作。写作的时候，我是喜静的。在家里待着的时日，母亲会在晚饭后来到我的房间说会儿话，时间不久，母亲就会起身离开。母亲知道我有这个"洁癖"，走之前会轻轻地帮我带上门，嘱咐我早些休息。她不明白什么是写作，她只明白要好好地保护我的喜好。对她来说，我喜欢的就是她最爱的。

（10）上大学的时候，母亲每次都会在我回家的前两天把我卧室的被子晒晒，铺好，在我离开家的时候，偷偷地在我的行李箱里塞上几张钱。父亲总会在送我去车站之前嘱咐我别忘记东西，手机、充电器、钱包、要带的书等。现在母亲知道我工作忙，总会在晚上她睡前给我发微信语音，提醒我要注意休息，别太拼命，末了，问我一句，什么时候回家。她知道我喜欢吃她包的饺子，我曾告诉她，母亲包的饺子里有爱的味道，她便记住了，每次在我回家的时候，她都提前准备好饺子馅儿，等我回去包给我吃。

（11）父母的爱总是无声且细碎的，不着痕迹，又处处环绕着你。他们的爱从来不会像情侣之间那样直白地表露出来，他们只会在日常中用行为细心地呵护着你。

（12）这无言的爱，让我舍不得破坏。

1．这篇文章用了什么样的手法来描写父母对作者的爱？

2．文中提到"爱的味道"，作者是从哪些方面体现的？

3．根据全文，结合实际，阅读画横线的句子，谈谈你的看法。

4．这篇文章的中心主旨是什么？

参考答案：

1．叙事。

2．学习方面：父亲对作者学习无条件地支持；生活方面：每次作者回家父母都会提前把作者的被褥铺好，包作者爱吃的饺子，因为是家里最小的孩子，母亲总是偏爱她，放鞭炮时，母亲嘱咐父亲提前告诉作者。

3．作者通过父母日常小事对自己的照顾，感受到父母对子女的爱总是默默无声，但是是最珍贵和无私的，同时也是让作者最珍惜的。

4．通过对父母日常琐事的描写，体现出天下父母一般心，对子女的爱都是无言且无私，也表达了作者身在他乡，对父母的怀念之情。

走进植物园

（1）轻轻地，我拥抱你，就像你拥抱我一样。走进你，我觉得所有的一切都不重要了。伴着夕阳无限好，你有一种姿态，安然且美好。

9

（2）"夕阳无限好，只是近黄昏"，此刻放在这里再恰当不过了，傍晚来到植物园，另一种安静的美更让人难以忘怀。那种伴着昏晕的美，若即若离，让人更抓不到它的真实，等你的好奇心足够大的时候，它又"千呼万唤始出来，犹抱琵琶半遮面"地骚人心扉。如果这么静静地站几分钟，伸开双臂，你会感觉心胸变得从未有过的宽广，世俗的烦扰和忧愁顷刻间就被蒸发掉。没有"只恐双溪舴艋舟，载不动，许多愁"的愁重；也没有"抽刀断水水更流，举杯消愁愁更愁"的愁深；更没有李景"多少泪珠何限恨，倚栏干"的愁烦……有的只是无限的喜爱，一步一回头的不舍。

（3）吹着凉爽的风，我亦步亦趋地往里走。未见其花，先闻其香的便是桃花。姹紫嫣红开遍，满地都是浓浓的爱恋。我出神地看着它们，不由得想到了孙悟空大闹天宫，不知道他在蟠桃会上糟蹋了多少仙桃。"他年我若为青帝，报与桃花一处开"，古往今来，人间自有真情在，人间自有真善美。擦亮眼睛，在春天这个多情的季节，寻找真和美的足迹。

（4）古人自视有竹方为雅居，雅居之舍必有竹的影子。也许是因为竹象征着虚怀若谷，气节高尚吧。"宁可食无肉，不可居无竹"，宋代文人苏东坡如是说。然而，我更喜欢竹"千磨万击还坚劲，任尔东西南北风"的气节，它的傲骨堪比临雪而开的梅花。忽地，我想到了现实中残酷的竞争，何不抱着竹的不屈不挠在生活中勇往直前呢？

（5）一簇簇花期正盛、叫不出名字的小花在芙蓉桥上快乐地喧闹着，落落大方地对着你微笑。梦溪亭，李清照的愁思是否还在继续？象湖映着微光在跳舞，人们坐上船与之共舞。水生植物在茁壮地成长，对着春天发出希望的宣告。那座木兰桥，那座岩石园，那个卵石滩……这些美，美得十分不真切，就像在梦中。如果真是一场梦，我情愿不要醒来。这个梦给予了我太多的心理安慰，让我的心灵在此得到升华，让我重新审视人生百态。

（6）夜幕终于很听话地循着自然的脚步落了下来。此刻，我不得不离开，就像人生没有不散的宴席，曲尽人散皆正常。可我的心潮仍在澎湃，我的思绪仍在飘飞，想着那些绚烂的花朵，那些可爱的笑脸，那些唯美的景观。我想，这大概就是大自然的魅力吧，让我不知不觉间忘乎所以，乘着大自然的翅膀翱翔。

（7）直至现在，对植物园仍在留恋。隔夜情更浓，愈相思，愈迷恋。走进植物园，就像走进了人生的另一个天堂；走进植物园，就像遇见了另一个似假还真的自己；走进植物园，也许在思考人生的问题上我会有更多的收获。

1. 文中写到了哪几种植物？

2. 文中写到很多关于"愁"的诗句，你还知道哪些，请默写一句。

3. 作者描写了一天中何时的植物园的景象？

4. 请写出一种你最爱的植物，为什么？

5. 请问画横线的句子，运用了什么修辞手法，作者想要表达怎样的情感。

参考答案：

1. 桃花，竹，叫不出名字的小花，水生植物。

2. 我寄愁心与明月，随君直到夜郎西。

11

3. 傍晚时分。

4. 昙花。昙花在深夜开放，瞬间枯萎。我最爱它昙花一现的惊艳，也最爱它凋谢时的果决。

5. 排比的修辞手法。表达了作者对植物的热爱，对大自然的敬仰之情，亲近自然，可以涤荡心灵，获得启发，告诫我们要热爱自然，和自然做好朋友。

藏在泥土里的爱

（1）父亲的皮肤黝黑，独属于庄稼人的那种淬着油亮的黑，在太阳底下，愈发的晶莹。但是父亲的性格是极其内敛的，他做事总是一声不响，连同他对子女的爱。母亲经常在懒洋洋的午后，搬个小凳子，和我们一起坐在大门口消磨午后的时光。这个时候，母亲总会对我们说，长大了要对你们父亲好，要疼他。

（2）我总是应和着点头。母亲开始接着说，仿佛在讲一个遥远的故事。

（3）虽然我是个女娃，但是父亲并不失望，在三个孩子当中，好像反而偏爱我多一些。那时候家里有个老字典，特别厚重，边角有些发霉。我出生后，父亲把老字典来来回回翻了好几遍，最后终于定下来现在这个名字。母亲当时还和父亲计较，觉得老大老二的名字都是随便起的，轮到老三了却要这么绞尽脑汁，父亲不置可否。

（4）我和父亲长得极像，宽大饱满的额头，参差不齐的牙齿，鼻子向上高挺着，鼻孔很大，浓密的鼻毛乍一看像是两孔杂草丛生的山洞。邻居都说，看到我就知道父亲长什么样子了。

（5）父亲其实是很聪明的，又好学，他上学的时候家里穷得揭不开锅，他便放弃了学业。学无所成是父亲一生的遗憾。于是，他把这个宏愿放在了我的身上，特别关心我的学习，只要任何和学习有关的花销，他都不假思索地答应。

（6）有段时间，村里经常有人骑着自行车，后面放着一个箱子卖牛奶。村里有人说牛奶有特别神奇的功效，偏瘦的孩子喝了能变胖，营养不良的孩子喝了能补充本身缺失的营养，最重要的是孩子喝了会更加聪明。最后一个优点钻进了父亲的耳朵里，他当即买了七八袋，回家一个劲儿对母亲说："这牛奶喝了对渊源好。"母亲被父亲的奢侈气坏了，硬逼着父亲退了回去。

（7）没过多久，那种牛奶就再也没有在村里出现过。

（8）我与父亲极少交流，尤其到了初中以后，我们中间仿佛隔了一条宽阔的河流。每次回家见到父亲叫他一声，直到第二天，交集只有那一声称呼。有一天，有个男生来找我玩，当晚我被母亲拉到一边，小声地对我说，以后别和男孩子走这么近，这是你爸让我给你说的。我嘟着嘴心想，大人的世界总是那么奇怪，也觉得父亲不了解我。青春期有些叛逆，越反对的事情越能勾起兴趣。我早恋了，这件事情在学校闹得沸沸扬扬。学校通知了家长，当我打开办公室门的那一刻，我清晰地看到了父亲眼里装满了失望、惊恐、不可思议，还有隐隐的担忧。

（9）那次是我和父亲这么些年来，唯一的一次争吵。我说的话句句带刺，句句像刀子一样在剜他的心，可是我觉得力道还不够，还要更狠些更深些。

（10）我们僵持到深夜，他突然间像是缺水的麦苗，耷拉着身子，手放在大腿上做支撑，以免整个身子瘫软下来。从灯光映射的侧面，我看到了他无比臃肿的眼袋，像是面对濒临绝望的深渊，拼命挣扎着寻找救命稻草。但是越挣扎越会加速下降，离那个深不见底的沟壑越近。

（11）他悔恨教女无方，我满腔抱怨委屈。

（12）这一场战争的爆发，让我和父亲的关系冰山似的僵硬、寒冷。时间久了，这件事情也就不了了之，谁也不提，父亲怕和我再起冲突。

（13）暑假毕业那天，突然下起了大雨，很多同学都没有带伞。我不抱希望，往常再大的雨都是自己想办法回家的。正当我拿起书包举到头顶准备狂奔的时候，突然听到有人喊我的名字。是我的父亲，他打着一把黑色的布伞，递给我一把七色彩虹的折叠伞。

（14）我问他："你怎么会来送伞呢？平时不都是教我要自立自强。"语气里带着责备和不屑。父亲一边帮我撑伞一边轻描淡写地回复我："我不来送伞，你肯定又要在背地里哭了。"每逢下雨天，很多同学都有父母陪伴着照顾着，我心里羡慕得要把眼泪挤出来。没想到这一切父亲全都知晓，都洞察在他有些浑浊的眼睛里。

（15）那一刻我才真正地认识父亲，认识到天下父母一般心。眼前这个一辈子埋在泥土里的父亲，是多么关心我，他心细如丝，对我的成长了如指掌。而在我成长的过程中，他一直把爱深深地藏在自己锄头下的一亩三分地里。

1. 父亲在三个子女中，为什么最爱"我"？

2.《背影》也是写关于父亲的文章，请写出该作者的名字。

3. 作者笔下父亲的性格是怎么样的？

4. 作者和父亲的矛盾是如何产生的，又是如何消除的？

5. 作者说父亲"心细如丝"，在文中是如何体现的？

参考答案：

1. "我"与父亲长得像，宽大饱满的额头，参差不齐的牙齿，鼻子向上高挺着，鼻孔很大，浓密的鼻毛乍一看像是两孔杂草丛生的山洞。父亲把未竟的学习梦想寄托在作者的身上。

2. 朱自清。

3. 内敛，朴实，不善言表，一声不响地做事，心细如丝。

4. 矛盾产生：高中早恋和父亲大吵一架；矛盾解除：暑假毕业那天下雨，父亲来送伞，作者明白父亲的爱。

5. 父亲翻遍家里的老字典给作者起名；听说村里的牛奶效果好，父亲一下子为作者买回来七八袋；作者把男孩带到家里来玩，父亲发现之后，让母亲偷偷地告诉作者；暑假毕业那天下雨，父亲为作者送伞。

上元灯如昼

（1）过完春节，最令人期盼的应该就是上元节了，吃汤圆、猜灯谜、逛花灯、放烟花等。

（2）欢欣鼓舞的要数孩子们了，早早去集市上买来花灯放

15

在家里，等着这天傍晚降临的时候出来挑灯笼。只要家里有小孩的，那是一定会打灯笼的，甚至还在襁褓中的婴儿也是要出来挑灯笼的，在大人的陪伴下，孩子的皮肤粉嫩嫩的像是刚绽放的喇叭花，热闹极了又羞涩极了。

（3）现在的街市上灯笼样式繁多，走马观花似的，目不暇接，有时候会根据当时的卡通动漫制成灯笼吸引孩子的眼球，有光头强灯笼，喜羊羊灯笼，大白灯笼……

（4）在我的记忆深处，每到上元节我都会和姐姐一起找来几个白萝卜，用小刀挖空，放上蜡烛，一头插上一根筷子，小船似的，放在水里会浮上来。灯笼制成了，就开始等待夜晚的到来，那时候最耐不住性子了，满心欢喜地盯着灯笼，每过一会儿就跑去问母亲几点了，直到母亲被问得烦躁，丢过来一句，问老天爷吧，让老天爷快些把黑布放下来，你们就可以去挑灯笼了。

（5）那时候不喜欢集市上的灯笼，总觉得装上电池的灯笼是冷冰冰的，没有自己制造的有温度，挑着自己的灯笼就像是在挑着希望，闪烁的油灯照映出来的面庞是圆润的月亮，越观赏心情越舒坦，咧开嘴笑的时候会露出缺了的牙。按照习俗第二天就要把精心制造的灯笼摔坏，即使如此，仍希望它的光最亮，最美。

（6）上元节比春节似乎更加热闹，在家乡会放烟花，整夜地放。家乡的人最爱热闹，吃过汤圆都出来站在家门口等待着邻居放烟花，谁家放的多意味着那家的生活过得如意。不过令我记忆尤深的是田野以外的地方，烟花正好没过头顶，一声接一声地炸裂，宛如一朵接着一朵争相开放的百花，颜色之多、之美，绚烂于天空，寂灭于天空。

（7）这晚的月亮是暗淡的，输给了烟花的绚烂。

（8）有人说烟花是寂寞的，也是冷清的，"高处不胜寒"，很多人都会把烟花比作孤寂的女子。我想正是因为烟花是属于天空的，最美的事物只能远远观望，永远无法靠近、得到，便在人们心中留下遗憾，便说烟花是冷的，是不通人情的。其实烟花是多么世俗啊，火热地开放，只是为了在人间留下最美好的一面，告诉世人，我深深地爱着你们。烟花用这种方式拥抱世界，拥抱世上的每个人。

（9）家乡的上元节是告别新年的仪式，汤圆寄托着来年团圆的希望。如今我身处异乡，没有热情的烟花，也不见灯笼握在小孩子的手里，看到笑靥如花的脸庞，反而更加怀念家乡的节日。在家乡，不管是哪个节日都会有最温情的亲人陪伴。

（10）上元节也就是元宵节，我更喜欢称它为上元节。上元多像一位轻灵的女子，有着过人的智慧，谈吐不凡，骨子里都是不服输的，然而又谦卑地把头低到尘埃里去，过着悠然的生活，笑对人生。

1. 上元节的另一个被广为流传的名字叫什么？

2. 为什么作者更爱称"元宵节"为"上元节"？

3. 这篇文章用了什么样的手法来描写上元节？

4. 简单说一说元宵节的来历。

5. 阅读画横线的句子，谈谈作者想要表达的情感。

参考答案：

1. 元宵节。

2. 上元多像一位轻灵的女子，有着过人的智慧，谈吐不凡，骨子里都是不服输的，然而又谦卑地把头低到尘埃里去，过着悠然的生活，笑对人生。

3. 叙事。

4. 元宵节是我国主要的传统节日，也叫元夕、元夜，又称上元节，因为这是新年第一个月圆夜。又因为历代这一节日有观灯习俗，故又称灯节。

5. 烟花的美只可远观而不可亵玩焉，烟花的绚烂、热闹，反衬出作者心中的孤独之感，表达了作者远在他乡对家人的思念之情。

一种相思两处愁

（1）时隔几年，重新翻读易安的词，和之前的感受迥乎不同，这大概就是人们经常说的，好书要经常翻阅，每次都会有新发现、新感悟。

（2）李清照，字易安，号易安居士。单单欣赏她的名字就能感受到一股清风拂过心头，清新、素简，却又不失雅意。这个

"雅"应该是文人墨客追求的一种超然脱俗的世外之感，清清爽爽的洒脱。

（3）说来宋词还是当属易安的最让我欣喜，她的字里行间，每段时期都有那个时候的故事，那个时候的情感，不抨击，不诋毁，独自隐忍的时候还会有些小发泄。就像那首词《如梦令》写的"昨夜雨疏风骤，浓睡不消残酒，试问卷帘人，却道海棠依旧"。她真性情的表达，让她的才情更入木三分，写出来的文字总能让人过目不忘，深有触动。

（4）这首词是易安的成名作，她的才情从小已被父辈晁朴之等人所称赏，以才藻闻名乡里，直到一生终结，她的才情不减，一直勤勉文学创作。

（5）她的才情让她遇到了赵明诚，才子佳人，珠联璧合。以往读易安的词每每都是侧重于她和赵明诚的爱情，从《减字木兰花》的"云鬓斜簪，徒要教郎比并看"的小女孩家的娇羞，到后来的《如梦令》中的"试问卷帘人，却道海棠依旧"，到最后时期的《蝶恋花》"独抱浓愁无好梦，夜阑犹翦灯花弄"。爱情之花从美好到凋零，心潮的跌宕起伏正应和了青春年少的我们，心灵脆弱，悲天悯人，伤春悲秋的年纪，道出了每一个少女的情感。写的是她自己，却像是在剖析当时的我们，读来手不释卷，欣然忘怀。

（6）如今年龄不同，看事物的眼光也在发生着变化，易安的词不光单写爱情，还有家情，国情，世事情，各种情感相互杂糅，融于文字，最后像一条龙，跃地而起，飞向高空。这种情愫是一把利剑，把空气劈开两半，然后再逐渐地愈合。

（7）易安才华横溢，一生却也颠沛流离，本身出生在书香世家，有一身的才气，加上和睦相处、恩爱有加的家庭，也算是圆满幸福。谁知家国不幸，婚姻不幸，真是祸不单行，无独有偶啊。一夕之间的巨大变故，身为女子的她怎能承受得了？然而，命运不枯竭，还需要徒步前行，她带着字画，东奔西走，一来为了生计，二来被蔡京陷害的丈夫的名誉还需要她来洗刷。

（8）关于已逝丈夫的名誉，在宋代，一直遵循着男尊女卑的传统，丈夫便是一个女人的全部，对于易安来说，洗刷罪名尤为重要，像是自己的名誉受损一般，因此，这是她拼尽全力，劳苦一生也要做的事情。

（9）苦难中的女子最脆弱，孤苦无依，形单影只，所以，张汝舟有了机会。谁知人心不古，婚前婚后截然两个人的张汝舟对易安拳脚相向，目的为了占有她的财产。易安是个倔强的女子，怎容得他这般欺凌？加之她又知晓张汝舟当年在科举考试中曾有过舞弊行为，便告发了他，并与之离异。按宋《刑统》规定：妻告夫，即使属实，也得"徒二年"，李清照因此而陷囹圄。

（10）一生的磨难不知何时到头，往事不可追，现在的李清照已经是风烛残年，孤苦无依的时候只能依靠诗词，依赖精神的寄托，后期李清照的词多偏忧愁、哀怨、凄苦。也许是李清照曾在女主统治下生活过，因此女子参政对她而言是生活中体验到的现实，对李清照可能产生启发，激励她关心国事，参与政治，所以她写出"生当作人杰，死亦为鬼雄"。

（11）后来的她潜心研究《金石录》和《漱玉词》，清凉的微风，昏暗的幽光下道尽了一位旷世才女的一生，孤单，凄凉，漫长岁月，至此一生，她对丈夫赵明诚的相思之情从未消减，似乎随着岁月的叠加，更加浓厚。她的忧愁，对人生沧桑的愁，经历过局势动荡的愁，对一生的感慨的紧锁眉头，真像她自己写过的一首词"只恐双溪舴艋舟，载不动许多愁"。

1. 文中从哪几方面描写李清照？

2. 关于宋词，作者为什么最喜欢李清照的词？

3. 在宋代，还有哪些著名的女词人，请列举两个？默写一首你最喜欢的宋代女词人的一首词。

4. 阅读全文，为什么说李清照的一生才华横溢，却也颠沛流离？

参考答案：

1. 两方面：一是她早期作为少女的幸福光阴；二是她后期颠沛流离的生活。

2. 她的词写的都是真性情，不抨击，不诋毁，独自隐忍的时候还会有些小发泄。

3. 朱淑真，张玉娘，吴淑姬。《长相思》（吴淑姬）烟霏霏，雨霏霏。/雪向梅花枝上堆，春从何处回？醉眼开，睡眼开。/疏影横斜安在哉？从教塞管催。

4. 李清照出生在书香世家，有一身的才气，写出许多流传千古的

21

诗词，后来国破家亡，她失去了丈夫，失去了美满和睦的家庭，后来又遇人不淑，最后形单影只，孤苦度过下半生。

数一数那些叫思念的羊

（1）记忆中，每次失眠的时候，母亲都会让我在心里默默地数羊，"一只，两只，三只……"数着数着便把睡眠数进了梦乡里。

（2）见数羊效果奇特，于是，数羊也成了我应对困难的唯一方法。上课被罚站，委屈的我在心里默默数羊；朋友不愿意和我一同玩耍，伤心的我躲在一边默默数羊；高考失利，倔强的我在心里默默数羊；长大了被人欺负，咬紧嘴唇的我一只一只数羊……

（3）芦苇荡随风左右摇摆，像在表演一场整齐的拉丁舞，有一只芦苇叶不听话地垂下身子，靠近点儿数湖心荡晕开涟漪的我，"那你从小到大，数了多少只羊了？""把数过的羊身上的雪白羊毛展铺开，能够拼凑出蓝天上的朵朵白云了吧。"我指了指天上缓慢移动的蓝天白云。

（4）"效果像治疗失眠那么明显吗？"被它这么一问，我不觉一怔，头脑像过电影似的把这些年的点点滴滴回忆一遍，好像除了治疗失眠效果显著之外，每次我都会伤心一段时间。

（5）拉丁舞表演正达高潮，吸引了远处结队路过的大雁，它们与之共舞了起来。此时北方将要步入寒冷的冬季，大雁要开始南迁，去往温暖的地方寻找食物。

（6）这个"另类"的芦苇叶伸长了脖子，眼睛放着光芒，似乎在雁群中寻找着什么。过了一会儿，它像是瘪了气的气球，无精打采地耷拉着身子。缓了一会儿之后，它与我并排坐在湖边，我们不约而同地望向远方。

（7）它曾经是一个活泼开朗的叶子，心态阳光，朋友很多。有一年冬季，大雁惯例成群结队地南迁，飞过这片芦苇荡的时候，突然一只幼雁从高空落了下来，正好落在了它的身上。这只雁子由于长时间飞行，还未长成的翅膀的翅根淤积了一块瘀血，脱离了雁群。它看到落单的雁子，长相可爱，毛茸茸的羽毛摸着像绣花枕头，那一刻，它决定要好好照顾这只幼雁。

（8）"另类"带着雁子在湖水边玩耍，教它跳拉丁舞，很快，它们成了好朋友。"另类"给它讲很多有趣的事情，其中就有一些关于人类的事情。有一次，"另类"正在湖边晒太阳，突然听到急促而沉重的脚步声，它站起身看到一个小女孩，手里抱着一只玩具熊，边走边哭，好像有什么伤心事，她一个人待在这里很长时间，直到家长找到她，家长看到她，欣喜若狂地一把抱起了她。听她和大人的对话才知道，原来大人冤枉了小女孩儿偷拿了家里的一百元钱，小女孩委屈，又不知道如何解释，这才离家出走的。

（9）还有一次，一个逃犯为了躲避警察的追赶躲在了这里，但是没过两天，警察就包围了他。他手里拿着枪，为了抗拒警察的追捕，他往四周到处开枪，惊吓了我们的许多兄弟姐妹。不过，天网恢恢，疏而不漏，他最终还是被缉拿归案了。

（10）雁子听得入了迷，没想到"另类"懂得那么多，不知不觉对它心生仰慕之情。

（11）时间很快过去，雁子的翅膀逐渐痊愈并且已经长全成熟了。寒冬不等人，雁子注定要南迁，它要跟随最后一拨南迁的雁群走了。

（12）雁子很舍不得"另类"，"另类"也很舍不得雁子。于是，它们约定，等来年春暖花开的时候，再在这里相约。它一定能在雁群中一眼认出雁子来，因为它在雁子的右边脖子上印上了芦苇的印痕。

（13）"从那之后，雁子还来过这里吗？"天边暮色降临，湖水的涟漪出现了粼粼的波光，像是一双双正在眨眼的星星。

（14）"每一年大雁迁飞的时候，我都会在雁群中一只一只地寻找，可是，三年过去了，它再也没有来过。"在每年的周而复始期间，它有一次听到来这里野炊的家庭的谈话，有一位长期失眠的小孩把这个困扰告诉了父母，父母让小孩每天躺在床上数羊，数着数着就会睡着了。它相信雁子是守信用的，它期待着雁子赴约，但期盼的时间漫长又寂寞，它也尝试数羊，但它能识的数不多，只能数到十个之后再重新开始数。

（15）它脑海中的羊从少变多，又从多变少。

（16）暮色终于四合，我和它一起躺在草丛上，远处走来了一只赶羊的老人，挥舞着鞭子。羊的"咩咩"声和着鞭子的"噼啪"声，呈现出一曲独特的晚间曲。我对它说"我们一起数一数真的羊吧"。

1. "另类"芦苇叶与谁定下来年不见不散的约定？

2. "长期失眠的小孩"指的是谁？

3. 阅读全文，文中讲述了一件什么事情？

4. 联系实际，说说你对题目的理解。

参考答案：

1. 受伤的幼雁。

2. 作者自己。

3. 本文讲述了一件因失眠跑去湖边静坐的"我"遇到"另类"芦苇叶的故事。

4. 思念是很痛苦的一件事情，但是也不能为此罔顾了好光阴，就像睡觉需要逐渐入睡，思念也一样，需要放在心底，不急不慌。作者借由失眠来隐喻思念，使文章更巧妙、生动，从而启发人们要懂得彼此珍惜。

最靠近灵魂的，是音乐

（1）疲累了，听一听音乐；困顿了，听一听音乐；焦虑了，听一听音乐……

（2）音乐，间接性地调节着心绪。

（3）究其原因，人类的灵魂最缺乏的是共鸣、是安抚、是贴合，这时候音乐暂时性地对其舒缓，放松心情。

（4）那种旋律会有一种代入感，因此，流行音乐成了主流。00后最爱的是《青春修炼手册》，90后最爱的是《小酒窝》，80后最爱的是《冬天里的一把火》，在音乐中，人们能找到与灵魂相契合的归宿，我把它理解为包容。

（5）它包容着情绪的错综复杂、灵魂的孤寂落寞，然后细微地通过血液、情感输送到身体的各个角落，最后身心得到放松，一切变得友好而妥善。

（6）不光流行音乐如此，轻音乐，歌剧，钢琴皆如此。

（7）记得有一年的冬季，我来到中南民族大学，与一位友人相聚。正巧当晚有一场钢琴大师的音乐会，于是，我颇有兴趣地准备参加。

（8）午饭过后的时光慵懒而缓慢，无风，阳光充足温暖，她知我爱看书，便带领我去学校的图书馆借两本书略作消遣。双子塔的图书馆巍峨，在楼底向上看，似乎要耸立于云霄，双子的构造像是一对双胞胎，惺惺相惜，不离不弃。

（9）几十层楼高，满满当当的都是书，看到了很多爱的书，但是想到晚上要听音乐会，索性就借了一本书——丁立梅的《有美一朵，向晚生香》，这是我第一次读她的文字，亦是第一次知道这位"最暖人心"的作家。这本书的书名吸引了我，只看到名字，层层的雅意挡也挡不住地向我扑来。

（10）在文字里煮香，如桂花酿酒，十里飘香。

（11）时光在阅读中总是停留得短暂，很快将近晚上七点半，报告厅陆陆续续地来了很多等候的人。友人催促着我赶快进场，可是早已被丁立梅的文字深深吸引的我，还沉浸在其中不能自拔。还有最后一页阅读完毕，友人知我品性，看我的眼睛实在移离不开优美的文字，只好静静等候。

（12）待我合上书本，我感悟，读优美的文字，不就是感受一场精神上声势浩大的音乐吗？接下来，我要感受一场现实中声势浩大的音乐盛典了。

（13）这是一位来自美国的钢琴大师，名叫弗朗兹·舒伯特，留着络腮胡子，高大但很腼腆，旁边配有一名女翻译员。报告厅不大，二百人左右的座位，座无虚席。我是一个不懂音乐的人，偶尔听听流行音乐尚可，对这么专业性的音乐，只能是凭着感性认知去欣赏当晚这场音乐盛宴。

（14）弗朗兹坐在钢琴前轻柔地抚摸它，像是抚摸一位亲爱的姑娘，然后轻轻抬起双手，眼睛饱含深情。突然，他的双手落下，一串旋律灌耳袭来，全场被音乐沸腾起来了。每个人都坐直身体、闭上眼睛、侧耳倾听。

（15）不知曲调，但是我被它那抑扬顿挫的旋律深深地折服，明白好音乐一定是来自于灵魂的奏乐。真正爱音乐的人，和音乐是融为一体的，融化成水的冰，流进江里的溪，再也无法分开。

（16）当弗朗兹弹奏肖邦的《夜曲》的时候，情感随着手指的舞动表现得淋漓尽致。铿锵有力，抑扬顿挫，一抬首、一低头，闭眼、皱眉，身临其境，仿佛深爱的人今夜要转身离开。弗朗兹的眼泪流出来了，这是在挽留吗？如果真的去意已决，眼泪真的可以把心融化吗？

（17）弗朗兹把真情倒进钢琴的旋律中，在音乐中埋葬情感。他弹得真用情、用心、用力。想来应该是爱情，唯有爱情才

27

让人更动容。

（18）他的音乐百转千回，不绝于耳，不知是谁说了一句，天籁。是的，是天籁，灵魂被涤荡了一番。

（19）此刻不是手机，不是游戏，不是逛街最与灵魂靠近，是音乐，音乐颠覆了一切。

（20）听到了好音乐，实在不枉此行。

（21）脑海里不觉映现出了下午翻看丁立梅书籍里的一句话"感谢生命中的那些相遇，在我的人生的底色上，抹上一朵粉红，于向晚的风里，微微生香"。在生命中，会有无数次的相遇，擦肩而过、偶遇、不期而遇，它们总能在人生中起到一些看不到，摸不着的作用，扭转着生活的齿轮。

（22）艺术是一座神圣的殿堂，不是膜拜就可以靠近，是天赋才有特权，能与之交流，甚至碰撞出耀眼的火花。直到现在，每每回味当时的盛况，心中总是萦绕着不尽的享受，也许是灵魂的某种对音乐的渴望被激发出来。

（23）音乐与文字在某种程度上高度相似，它会悄无声息地改变着你的生活，你对人生的态度。

（24）前段时间，我用手机订阅了中国著名歌剧家李晶晶的课程，她用音乐的形式讲《卡门》，讲《图兰朵》，讲《费加罗的婚礼》，回味经典，品读经典。当你沉下心来，仔细领悟经典音乐的时候，你会觉得，它与你的灵魂曾靠得如此近。

1. 文中除了提到流行音乐，还提到了哪些剧种？

2．文中作者运用了多种修辞手法，请抄写一句，并说出是什么修辞手法。

3．联系上下文，体会画横线句子所表达的意思。

4．根据全文，联系实际，谈谈你对音乐的理解。

参考答案：

1．轻音乐，歌剧，钢琴。

2．疲累了，听一听音乐；困顿了，听一听音乐；焦虑了，听一听音乐……排比的修辞手法。

3．人类能找到与灵魂相契合的归宿，就是能够与灵魂产生共鸣，安抚灵魂的东西，这时候音乐暂时性地对其舒缓，放松心情。它包容着情绪的错综复杂、灵魂的孤寂落寞，然后细微地通过血液、情感输送到身体的各个角落，最后身心得到放松，一切变得友好而妥善。（意对即可）

4．音乐是能放松心情的，有时候它是需要一个人来听的，体会其中所表达的情感，逐渐地，它可能会改变你的生活及你对人生的态度。

这难以启齿的亲情

（1）有些情感总是难以启齿，比如亲情。

（2）母亲总说我们是上辈子的冤家，话不投机半句多。

29

（3）我很少和母亲交谈，平时的交流也仅限于日常的寒暄，最深的交谈一定止于要迈心的前一步，我总会不合时宜地打断，甚至是反感地抵触，用最凛冽的语言抗拒。

（4）追根究底源于我的叛逆时期的到来，那时候内心私密的话语在母亲面前一定是羞于启齿的。那时候的羞于启齿不是羞愧，而是不屑，不屑的态度往往是锋利的刀刃，狠狠地往母亲的心上砍去。

（5）与母亲闹过最不可收拾的一次是刚升高中的前一天晚上，矛盾的爆发点早已忘记，令我记忆尤深的是那晚与母亲针尖对麦芒到将近凌晨。我清晰地记得母亲的泪流得很浓很深，眼泪在她的脸上拉了一道又一道沟壑，父亲在隔壁的房间缄默不语，后来父亲说，他只有置身事外，毕竟我和母亲的"恩怨"还需系铃人来解。

（6）第二天，母亲却一如既往地早早起床为我准备早餐，嘴里絮叨着让我带这带那，手还不停地往我的行李箱塞火腿，塞八宝粥，塞六个核桃……在去往高中的路上，坐在大巴车上的母亲表情异常凝重，始终别过头看窗外的风景。

（7）到宿舍，她忙不迭地帮我擦洗床铺，购买日用品，还主动替我与同宿舍的女生搭讪，拜托人家多照顾我。

（8）与母亲微妙的关系得到缓解是在我大学即将毕业的那一年春天，仿佛一夜之间，我从幼童长成成年的模样，身体里那根叛逆的弦突然被一个叫作"亲情"的天使连根拔除。我懂得了母亲的辛苦与艰难，也从那时候，我有些惧怕阅读关于亲情的文章了，因为那种细腻的母与子的情感奉献，每次读来，必定潸然泪下。

（9）如今和母亲的话越来越多了，每次通话不舍得挂，临了挂电话，会多说一句，又多说一句，真像电影《夏洛特烦恼》里的夏洛，他最终明白，生之一瞬，死之一刻，其间短短几十载，唯有珍惜珍爱身边的人才是最重要的。

（10）现在我有些话也想主动说与母亲听，因为我知道，在向母亲说的时候，她比任何人更懂你说话的语气，想表达的心情，想做的决定。

（11）阳春三月，草长莺飞，在母亲那里，永远四季如春。

（12）长这么大，很少写关于母亲的文字，唯有的一次是在高二的时候，学校举办母亲节征文活动，那次比赛，我获得了二等奖。如今文章早已无迹可寻，可我知道，那时不谙世事的自己，写出来的文字也是缺乏柔软的真情的。

（13）此刻，滔滔不绝的我只怕写浅了母亲，写浅了母爱。

1．"我"和母亲的关系为什么僵持？

2．文中最后一段，作者为什么说"只怕写浅了母亲，写浅了母爱"？

3．描写母亲的古诗词有很多，请默写一句你最喜欢的。

4．阅读全文，简要概述本文表达的中心思想。

参考答案：

1．作者叛逆时期的到来。

2．作者越来越懂得天下的慈母之心，对母亲叛逆时期的顶撞和疏远令作者追悔不已，俗话说，情愈浓、愈深，愈不知该如何下笔，如何表达。

3．谁言寸草心，报得三春晖。

4．作者开门见山，揭示出对亲情是难以启齿的，制造悬念，为文中与母亲发生的摩擦作铺垫。作者对母亲的顶撞、远离、不理解，导致后来追悔莫及，抒发了作者对母亲的羞愧之情，劝告天下儿女，在享受母爱的同时，也要记得回报母亲一缕浓浓的馨香。